ハヤカワ文庫JA

〈JA1450〉

ダーティペア・シリーズ〈8〉

ダーティペアの大跳躍

高千穂　遙

早川書房

8574

カバーイラスト／口絵／挿絵
安彦良和

目次

ＷＷＷＡは銀河連合に付属する公共事業機関である。正式名称は世界福祉事業協会。ＷＯＲＬＤＳ　ＷＥＬＦＡＲＥ　ＷＯＲＫ　ＡＳＳＯＣＩＡＴＩＯＮという。

ＷＷＷＡは、その略称である。

二一一一年、ワープ機関を完成させて宇宙に飛びだした人類を待ち受けていたのは、さまざまな災厄（トラブル）であった。続発するトラブルは、植民地経営が安定し、惑星国家が地球連邦から独立してもなくなることはなかった。

銀河連合は、国家と国家の垣根を越えてこれらのトラブルの解決にあたるための専門機関を二一三五年に設立させた。

それがＷＷＷＡである。

ＷＷＷＡは、提訴によって動く。各国家の捜査機関が匙を投げた事件、あるいは、かれらが事件とすら意識していないトラブルをＷＷＷＡは扱う。

提訴がおこなわれると、銀河連合の中央コンピュータはトラブルの内容を吟味する。加盟国政府のコンピュータ・システムと直結されている中央コンピュータである。中央コンピュータはそのトラブルを徹底的にシミュレートし、当該トラブルが放置されているとどういう状況に至るのかを予測する。そして、その結果、このトラブルを解決しなければ人類の繁栄に重大な障害が生じると認めたときに、ＷＷＷＡは専門の係官を派遣する。

トラブル・コンサルタント。略してトラコン。

係官は、そう呼ばれている。

本書は、二〇一八年十二月に早川書房より単行本
として刊行された作品を文庫化したものです。

ダーティペアの大跳躍

第一章　異世界なんか、行きたくない！

1

　あれがきた。

　あれとはもちろん、あれだ。

　あたしたちの特殊能力、クレアボワイヤンスである。

　超心理学（パラサイコロジー）でいう千里眼のことね。ただし、超がつくほどの能力ではない。

　きたのは、捜査対象となっている大物を追いつめ、さあ、ここから一気にかたをつけてやると勢いこんでいた、まさにその瞬間である。状況としては、かなりやばくて、いま思うと、背筋が冷えて凍りついてしまうようなタイミングだった。よく凍死しなかったものだよ。

　でもって、あたしとユリは映像を見た。

　見えたのはホバーカートで走り去る総督と、ラボに至るまでの道筋だった。

あたしたちは、惑星ダバラットに派遣された。

行けと言ったのは、もちろんWWWAの中央コンピュータである。それをソラナカ部長が代読した。

本部の協会理念統括局トラブル・コンサルタント管理部の一室で、部長は顔面をこわばらせていた。

「行先は、ダバラットだ」

低い声で、うなるように部長は言う。地獄の底から響いてくる声と表現しても、けっして大袈裟ではない。それくらい陰々滅々としていた。

「ダバラットって、あのダバラットぉ？」

例によって、能天気極まりない質問をユリが放った。

「どのダバラットかは知らないが、ダバラットだ」部長の声が、さらに低くなった。

「銀河連合が管理する惑星で、移民した住人が連合から派遣された総督のもと自治をおこなっている」

「ルーシファに乗っ取られてるってとこでしょ」

あたしが言った。

「ほお」部長の目がすうっと細くなった。

「一応、知識はあるみたいだな」

「常識ですわ。ほほっ」

あたしは甲高く笑い、ユリの顔をちらっと見た。

「もちろんよ。ほかにダバラットなんて星、存在しません」

胸を張り、ユリは平然と言い放った。いつもどおり、何も知らなかったくせに。

「ダバラットで、ルーシファが違法な研究と実験をおこなっているという情報が入った」部長はつづけた。

「連合宇宙軍に依頼し、衛星軌道上でのセンシングを実施したところ、異常な重力波が観測された」

「重力波？」あたしが言った。

「じゃあ、違法な実験って……」

「時空間大跳躍（ハイパーリープ）」

「うっそー！」

あたしの目が丸くなった。

「超小型のワープ機関とか、そういうのじゃないの？」

ユリが言った。

「観測された重力波の数値は尋常ではなかった。へたなブラックホール並みだった。そんなワープ機関、ありえるはずがない」

「やばいでしょ。そういうの、そこらへんの惑星でつくったら」

あたしが言った。

「そこらへんの惑星でなくても、やばい。ハイパーリープは、宇宙空間そのものを歪ませ、切り裂く。機関暴走が起きたら、われわれの宇宙は破滅だ。逃げ場は、どこにもない」

部長は椅子から立ちあがった。そして、あたしたちの目を覗きこむように見た。

「ところが、こんなとんでもない事案に、ＷＷＷＡの中央コンピュータはおまえたちをトラコンとして指定した。よりにもよって、おまえたちだ」

「ぶちょー」

ユリが右手を挙げた。

「なんだ？」

「ハイパーリープってなんですか？」

「ああ……」

部長は頭をかかえてため息をついた。

「トンネルみたいなものよ。宇宙空間で、どっかからどっかに行くための」

あたしが言った。

「ああ……」部長は、天を仰いだ。

「そりゃ、ワープの説明だ。それも、小学生レベルの」

もう一度深いため息をつき、再びシートに腰を置いた。

「似たようなもんでしょ」

あたしは肩をすくめた。

「もういい」首を横に振り、部長は言った。

「中央コンピュータが指名した以上、この件の担当はおまえたちだ。詳細はすべて船に転送されている。任務の内容もデータも、それで確認しろ。以上、おしまい。もうわしは知らん。いっさい関知しないっ！」

「はあい」

——というわけで、あたしたちはダバラットにきた。部長はそのあと寝こんだらしいが、それはあたしたちのあずかり知らぬことである。

まだ独立国となっていない銀河連合の管理惑星ということで、あたしたちはすんなりとダバラットに入国した。ちなみに、連合宇宙軍だと、そうはいかない。総督を立てて自治をやっているから、宇宙軍の進駐となると総督の承認がいる。それはもう超大ごとだ。当然、そんなの総督は簡単に了解しない。それで、まずあたしたちの出番ということになった。そう。いつもは誰かの提訴によって、WWWAは動く。訴えの内容を中央コンピュータが吟味し、介入すべき事案と判断した場合は、もっともふさわしいトラコンを選んで当事国に派遣する。

だが、今回は違った。トラコンの派遣要請をだしたのは連合宇宙軍だった。異例中の異例である。まずトラコンに調査をゆだね、その結果を受けて強権を発動して連合宇宙軍がダバラットに乗りこむ。そして、ルーシファを一掃する。こんな段取り、聞いたことがない。

中央コンピュータは、あたしたちに白羽の矢を立てた。衝撃を受け、部長がパニック状態に陥ったのは、そのためである。けっして、あたしたちのせいではない。

ダバラットでの調査は、なんかすごく楽そうだった。連合宇宙軍情報部二課が力を貸してくれると言ってくれたから。

情報部二課は、俗にいうスパイってやつだ。かっこよくいうと、シークレットエージェント。非合法活動も、それなりに黙認されている。なので、かれらはしっかりとダバラットに潜入していた。ただし、あくまでも影の存在なので、トラコンのように堂々と捜査活動をおこなうことはできない。潜入がばれたら、国外追放ってこともある。また、トラコンのように特殊能力も有していない。

あたしたちは〈ラブリーエンゼル〉でダバラットに向かった。

〈ラブリーエンゼル〉は、あたしたちの専用宇宙船だ。八十メートル級の垂直型外洋宇宙船で、船体カラーは目にも鮮やかなスカーレット。そのフォルムはセクシーの一言である。そう、あたしみたいに。

ダバラットには、ワープ三回で着いた。おおぐま座宙域の惑星国家だ。恒星ナバングロスの周囲をめぐる十二個の惑星。その六番目がダバラットである。準地球型惑星で大気組成が人類の生存に適さず、テラフォーミングには少し時間がかかった。そのため移民が遅れ、七年前に銀河連合の管理惑星となってようやく委任統治がはじまった。現在の居住者はおよそ五万人。小さな街がいくつか存在しているものの、計画的に建設された都市はひとつだけで、人口の大半はそこに集中している。

問題は、その居住者だ。まだ公式捜査はおこなわれていないが、どうやら銀河連合に任命された総督がルーシファに弱みを握られていたらしい。結果、銀河系全域からルーシファの息がかかったならず者がこの星に集まった。そういうことだ。

とにかくやばい星。

それがダバラットだった。

2

言い忘れていた。

ルーシファとは、銀河系最強最大の広域犯罪組織である。

その勢力は、裏社会のほとんどすべてを支配している。街のチンピラから詐欺グループ、窃盗団、暗殺請負集団、さらには宇宙海賊まで、ありとあらゆるワルどもが残らず所属していると言っても過言ではない。そして、非合法なことなら、何でもやる。麻薬取引、武器の密輸、人身売買、裏ギャンブル、企業恐喝。とにかくもうキリがない。

一年足らずで、ダバラットはルーシファの新規拠点となった。

ただし、目立った違法行為は確認されていないし、拠点となった証拠も存在しない。ダバラットはまだ開発途上国で、産業と呼べるものがないからだ。ルーシファといえども、何もないところで荒稼ぎをすることは不可能だ。いまは初期投資段階である。傘下の者たちを集められるだけこの星に集め、最終的にはルーシファの国として独立させる。それが目標だ。

情報部二課の工作員とは、ダバラットの軌道ステーションで落ち合った。入国したら地上には降下せず、そこにきてくれと指定されたのだ。

この軌道ステーションがすごかった。

もともとは、テラフォーミングが完了するまでの臨時居住区としてダバラットの衛星軌道上に建造されたものだ。通称はキャピタル。要するに首都である。どーでもいいが、正式名称はＳＴ－４０９９７１－ＮＦ２０という。書類に記載するときしか使用されないので、覚えてもなんら意味はない。

キャピタルというだけあって、このステーションはとにかくでかい。構造上の中核を担っているのは、小惑星である。第七と第八惑星のあいだにある小惑星帯からわざわざちょうどいいサイズの岩塊を運び、ダバラットの衛星軌道上に据えた。そして中をくりぬき、その表面にさまざまな施設を建造した。

当初、キャピタルには銀河連合から出向してきた職員と、惑星改造を請け負ったクラッシャーの集団が住んでいた。改造が終わってクラッシャーが引き揚げ、かわりに総督と行政担当者が移住した。地上では、都市開発がおこなわれた。それがいま総督府があり、数万人の植民者が居住している都市、ジャダムだ。公式には、こちらがダバラットの首都(キャピタル)である。誰も、そう呼ばないけど。

キャピタルのドッキングポートに、〈ラブリーエンゼル〉を係留した。地上降下しなかったからここで入国手続きをするのだが、今回はトラコンであることを伏せた。銀河連合の資源管理課職員として申請をすませた。言っとくけど、偽称じゃないからね。ちゃんと出向扱いになっている。隠密捜査のときの常套手段だ。

下船して、あたしとユリはキャピタルの中に入った。

とりあえず、まっすぐ第6貨物倉庫へと向かった。ここにこいと言われたためだ。なので、資源管理課所属となった。ダバラットにおけるレアメタルの輸出入動向調査をするというのが、あたしたちの仕事だ。もちろん、変装も完璧にやった。着こんでいるのは、グレイのスペースジャケットだ。ちょっとルーズフィットで、いかにも作業着って感じである。あたしは、その美貌が少し変装の邪魔をしているけど、ユリのほうは問題なし。長い黒髪を丸く束ねて、それはもう野暮ったい風貌である。ああ、こういうときだけ、ユリのだささがうらやましい。

貨物倉庫には、長距離輸送用の大型コンテナがずらりと並んでいた。表面がカラフルに彩られ、番号や記号も描かれている。これらのコンテナは貨物船に直接連結されて、そのまま宇宙空間を航行する。ワープにも耐えられる。生命維持装置を備えたコンテナなら、生物を生きたまま運ぶことも可能である。

81E7と描かれたコンテナを探した。

すぐに見つかった。ごく自然に振る舞い、近づいた。手首に装着してある端末を使って信号を送った。

コンテナの扉がひらいた。

内部に進んだ。

扉が閉まった。生命維持装置付きで内壁が発光パネルになっているので、コンテナの中は十分に明るい。スペースの半分ほどを貨物が占めている。

「レアメタルの品質検査かい？」

いきなり声をかけられた。首をめぐらすと、貨物の蔭から作業員がひとり、あらわれた。

「クナトオリウムのコンテナかしら？」

あたしが言った。

「オーボル鉱山で採れたやつだ」

作業員が言った。四十歳くらいの男性だ。

このやりとりで身許の確認が終わった。

かれが情報部二課のエージェントだ。

「まさかダーティペアがくるとは思わなかった」

エージェントが言った。

ちょっとぉ。

あたしは唇を尖らせた。その名であたしたちを呼ばないでよ。

あたしたちの正式コードネームは〝ラブリーエンゼル〟である。そう。専用宇宙船と同じ名前だ。船も〈ラブリーエンゼル〉、乗っているのもラブリーエンゼル。

なんて、愛らしいんでしょう。

でもなぜか、誰もあたしたちのことをビューティフルで、エクセレントでラブリーなエンゼルとは呼ばない。

ダーティペア。

そうぬかす。

あたしたちは、凄腕のトラコンだ。どれくらいすごいかというと、担当した事件で解決できなかったケースがひとつもないというくらいすごい。

ただし。

解決したあとがちょっと美しくないことがある。

いや。美しくないというよりも、悲惨とか壮絶とか言ったほうが正しいかもしれない。

そこは一応、自覚している。

犠牲者がほんの少し多いのだ。おおむね数千人単位。ごくまれに数十万単位ということもある。数百万単位は……忘れた。たぶん、ない。なかったことにする。

街や国が滅亡するのは、まあいつものこと。惑星まるごと消えてしまったこともないことはない。あったとまで言わないけど。

でもでもでも。

それらはすべてあたしたちの責任ではない。

単なる成り行きだ。いわゆる自然の摂理。一種の偶然。

なので、あたしたちはいまでも現役のトラコンである。とりあえず、始末書くらいは書いたことがあるような気がする。とはいえ、せいぜいその程度だ。馘首（くび）にはなっていない。ていうか、有能なトラコンとして登録されており、中央コンピュータはこうやってあたしたちを重要任務の適任者と認めていて、事件があると現地に派遣する。ソラナカ部長はめちゃくちゃいやがるが、それはささやかな儀式。提訴は解決してなんぼである。あたしたちが行けば、間違いなくトラブルは解消される。それは間違いない。

にもかかわらず、世間の人びとはあたしたちを迫害する。とんでもない危機的事態を招く悪魔のように扱う。

そして、ついた綽名がダーティペア。

じょーだんじゃないわ。

何がダーティよ。何が疫病神よ。何が歩く災厄よ。

ひどい。ひどすぎるわ。

まだ十九歳の美少女をそんなふうに呼ぶなんて。

あたし、傷ついちゃう。クリスタルのように透明で繊細な心が、こなごなに砕け散ってしまう。

「ケイ」おぞましい声が、地の底から響いた。

「妄想はそれくらいにしてよね」

ユリが言った。

このくそ女ぁ。

あたしは我に返った。

「情報部二課のレパードだ」

エージェントが言った。あら、それって本名じゃないわね。コードネームだわ。

「あたしはトラコンのユリで〜す。よろしく」

ユリがにこっと微笑んだ。長い黒髪に白い肌。まるでお人形さんみたいにととのった風貌。そして笑顔。

だまされてはいけない。こいつは、前代未聞の性悪女だ。こいつを信じたやつは、ひとり残らず不幸になる。心を許すのはあたしだけにしなさい。それがあんたの身のためよ。レパードに、そう言ってあげたい。

「トラコンのケイ」あたしも名乗った。

「情報をちょうだい。ラボはどこにあるの？」

「ここだよ」

レパードが足もとを指差した。

「ここ？」

「キャピタルのどこかだ」

「どこかぁ？」

「なによ、それ」ユリが言った。

「場所を突きとめたんじゃないの？」

「ラボの存在はルーシファの極秘事項だった。末端の構成員は、そんなものがあることすら知らない。上の連中にも、断片的な情報しか渡されていなかった」

「断片的って？」

あたしが訊いた。

「機材の流れだ。ダバラットまでもそうだが、キャピタルに着いてからも、複数の構成員があいだに入る。何がどこに運びこまれているのか、まったくわからない。受けとったやつは、すぐにつぎの構成員にまわす。その連続だ」

「けど、それだって最後に受けとった人が必ずラボに届けることになるわ。それは誰なの？」

「推測になるが」レパードの声が低くなった。

「おそらく総督自身だ」

3

「そうなんだ」あたしが言った。

「総督がパシリくんなんだ」

「あたしたちは、どうすればいいの？」

　ユリが訊いた。

「格納庫担当の一作業員が総督に近づくのはむずかしい。強引に動けば、すぐに正体が割れてしまう」

「それは、そうでしょうね」

　あたしはうなずいた。

「というわけで、こちらが提供できる情報はここまでだ。あとは、そっちで始末をつけてほしい」

「半端な連携」

　ユリが両手を腰に当て、胸をそらした。

「隠密行動には限界がある。トラコンなら、そんなことはない。こっちはできるぎりぎりのところまでやった。正直、ちょいとやばかったかもしれない。むちゃな話はしてないつもりだぜ」

「わあったわ」あたしが言った。

「でも、あとひとつだけ教えて」

「なんだ？」

「総督は、いまどこに？」

「そんなことか」

「え？」

「簡単だ。総督はキャピタルにいる。いや、違うな。まもなくキャピタルにくる。それが正しい」

「まもなくくる？」

「シャトルであがってくるんだ。時間ほど前にジャダムの国際宇宙港から離陸した。おそらくあと数分でドッキングだ。そして、あらたに届いた機材をみずからラボに持ちこむ」

「それで、どうすればいいのよ？」

ユリが小首をかしげた。こいつ、話をぜんぜん理解していない。

「勝手に行って、勝手にお話を聞く」

あたしが言った。

「そのとおり」レパードがにっと笑った。

「さすがはダーティペア、よくわかっている。ドッキングポートのデータを送っておくから、詳しくは、そいつを見てくれ」

また、ダーティペアと言った。うっさいわねえ。その呼び方、やめてくんない。

あたしは眉をひそめた。

そのときだった。

甲高い電子音が響いた。小さな音だったが、はっきりと耳に届いた。

「ちっ」

レパードが舌打ちした。

「どうしたの？」

「第6貨物倉庫をまるごと封鎖された」

「封鎖って、ここが？」

ユリの目が丸くなった。

「大胆なマネしてくれるわね」あたしが言った。

「銀河連合の職員を襲ったら、待ってましたとばかりに宇宙軍が出動してくる。容赦ない強制捜査もはじまる。それを知らないルーシファじゃないでしょ」

「だから、封鎖さ」

レパードがあごをしゃくった。目の前に置かれた直方体の貨物ボックスの表面が、いきなり透明になった。

直方体の中に3D映像が浮かびあがる。

「隔壁だ。貨物倉庫全体だけでなく、このあたり一帯も防火隔壁で完全に覆った。はっきりいって、あんたたちがトラコンであることはすでにばれている。いくら身分を偽装しても、乗ってきた船を見れば一目瞭然だ。ドッキング映像を見た瞬間に、俺でも誰が派遣されてきたのかわかったよ」

「…………」

「ここは、このまま半日は封鎖されっぱなしになる。抗議を食らったら、システムエラーでこんな事態に陥ったとでもいう気だろう。そのあいだに総督は機材をすべてラボに渡して、また地上に戻る」

「あたしたちは空振りで、ダバラットからすごすごと去っていくってことになるのね」

ユリが肩をすくめた。

「まあ、そんなとこだ」

「こざかしい」

「打つ手があるのか？」

あたしは鼻先で笑った。

レパードが訊いた。

「ここ、倉庫でしょ」

「ああ」

「封鎖されていないところにパワーパペットとハードスーツ、置いてある？」

「ハードスーツはコンテナの中に二、三着収納されていて、PPはコンテナの外に何体か転がっているはずだ」

「じゃあ、それ借りるわ」

「マジかよ」

あたしたちの意図を察して、レパードは表情をこわばらせた。

「派手にやったげる」あたしとユリはコンテナの隅に移動した。

「あんたは、その隙に脱出するといいわ。できたらだけど」

「…………」

レパードが端末を操作し、コンテナの壁がひらいた。ハードスーツがあらわれた。三着、横に並んでいる。

ハードスーツは、合金プレートで体表面すべてを鎧った装甲宇宙服だ。ごつくて、頑丈で、危険を伴う作業に多く用いられる。当然、通常タイプの宇宙服よりもかなり重い。でも、パワードスーツではないので、パワーアシスト機能はついていない。だから、無重力空間や低重力環境でないと、着用者は身動きできなくなる。このステーションの重力は床面に対して〇・六Gだ。ちょっと大きい。そこで、ステーション内での作業ではPPと呼ばれる作業用パワードスーツと組み合わせて使う。

グレイのスペースジャケットを脱ぎ、あたしたちはいつもの姿に戻った。そう。銀色の合成繊維で仕立てられたノースリーブの短上着と、股上が浅くV字型に切れあがったホットパンツだ。シューズは、ロングタイプの編上げブーツ。全身には透明耐熱ポリマーをコーティングしていて、ビーム兵器の攻撃にも、ちょっとくらいなら耐えられる。あたしはウルフカットの赤毛。ボーイッシュなマッシュでとってもキュートで、このコスチュームに、すごく合っている。黒髪のユリのマッチング具合は……そのつぎくらいね。レベルにして四段階くらいは、確実に落ちる。

ハードスーツを着た。ハードスーツの着用は全自動だった。腰のところに飛び乗って脚を突っこめば、大きく後方に向かってひらいている上半身がかぶさってきて下半身と合体し、ロックされる。あとはそのまま歩きだすだけでいい。

しかし。

重い。

予想どおりとはいえ、めっちゃんこ重い。それでも〇・六Gなので、なんとか身動き可能だ。一Gだったら、たぶんその場でフリーズしている。歩くどころか、足の裏を床から離すことすらできないだろう。

力を振り絞り、うんせよいせと声を発して、あたしは前に進んだ。レパードがコンテナの扉をあけてくれた。

なんとか、外にでた。ちょっと目がくらむ。左右を見た。視界はすべてヘルメット内に映しだされている映像だ。命じれば、データも表示される。

「PP、どこ？」

あたしは訊いた。

視野の右端で、光が明滅した。そこに、わりと無造作な感じでPPが置かれていた。誰かが使って、そこに放置したって雰囲気だ。管理、よくないわ。メンテ、してあるんでしょうね。

PPに近づいた。一歩一歩が最大負荷の筋トレレベルである。こりゃ、鍛えられるよ。ハードスーツを脱いだら、きっれきれのシェイプアップボディになってるね。意識を失う寸前にPPへとたどり着いた。PPは床から一段低くなった場所にはめこまれるように置かれている。

あたしは身をかがめて、またがるようにしてPPに乗った。装着は、これも全自動だ。一種の合体である。ハードスーツの手足がPPのそれに包まれるように融合し、動力アシスト機構が作動を開始する。

あたしはすっくと立ちあがった。いきなり、からだが軽い。ハードスーツとPP、一G下だと重量が合わせて三百キロくらいになると思うが、そんな重さ、ぜんぜん感じない。

両手を広げ、左右を見まわした。右横にユリが並んだ。見た目はちょっとごつい二足歩行の人型ロボットだ。シルエットは、身長三メートル強の大型類人猿って感じかな。構内用産業装備なので、当然だが武器は搭載されていない。腕の先端は二本ともトングのような鋭くて長い爪形状になっていて、ものを強力につかんだり、切り裂いたりできる。いわゆる解体ばさみ（レッカー）ってやつだ。使い方は簡単。あたしはただ拳を握ったりひらいたりするだけでいい。それに連動してΓPのレッカーが開閉する。

正面に壁があった。さっき、ここにきたときにはなかった壁だ。いや、正面だけではない。この一角、四方が合金製の防火隔壁でいつの間にか囲まれている。

「ユリ」あたしは言った。

「とっとと片づけて総督に会うわよ」

「りょーかい」

ユリの声がヘルメットの中で、あたしの耳に響いた。

二体そろって、隔壁の前に進んだ。あたしとユリは腕を振りあげ、思いっきり隔壁を殴った。ていうか、レッカーの尖端を壁面に突き立てた。

すさまじい音が響いた。……と思う。ハードスーツは外部の騒音を適正レベルに調整してしまうので、あたしが聞いたのは、足を踏み鳴らした程度の「ごん」という鈍い音だけだ。

砕けない。

もう一撃。

今度はレッカーが壁に刺さった。握っていた拳をひらいた。めきめきって感じで、壁が裂けた。

うはっ、PP強い。建築物や宇宙船の解体作業に使われることもあるっていうから、めちゃ頑丈につくってあるのだろう。たしかにこれなら、なんでも簡単にぶっ壊せるよ。

わずか一、二分で、防火隔壁に大穴があいた。

4

隔壁の穴をくぐって、ドッキングポートに向かった。巨大軌道ステーションだから、ドッキングポートはたくさんある。外洋宇宙船が二百隻、同時に到着しても処理できる規模だ。軍用を除けば、こんなステーションは銀河系広しといえども、ほとんどない。

情報がつぎつぎとあたしの眼前に浮かんだ。レパードがくれたキャピタル内の立体構造図と、総督が乗船したシャトルの運航データだ。両者をシンクロさせると、どこに行けばいいのかがおのずから明らかになる。

通路を走った。全力で疾駆した。

警報が鳴った。映像に光点がいくつか重なった。

天井がひらき、何かが出現した。

ハミングバードだ。

空中浮遊型の小型ロボットである。火器を備えた軍用タイプもあるが、これはそうではない。民生機で、しかも汎用タイプだ。防犯カメラ、消耗品交換、手荷物運送といった軽作業を主に担い、飛行速度もさほど速くない。

そのハミングバードが、ＰＰの周囲に群がってきた。数はざっと四、五十機。かなり多い。

「なによ、これ」

ユリの甲高い声が、あたしの耳朶を打った。

本当になんだろう、これ。

と思ったら。

ハミングバードの集団が、いきなりあたしたちに向かって突っこんできた。

どかどかどかどか。

ハミングバードがＰＰにぶつかり、砕け散る。

当然だが、爆発なんかしない。あっちが一方的に壊れるだけ。激突しても、ＰＰには傷ひとつつかないし、衝撃も皆無だ。宇宙軍の戦艦に小石が当たった程度ね。映像がなかったら、気がつくことすらない。

でも。

さすがにこれほど大量のハミングバードがいっせいにかかってくると、こっちの視界のほとんどがふさがれる。

ばきっ。

とつぜん、衝撃があたしを襲った。

強烈な一撃だった。

バランスが崩れる。PPがひっくり返りそうになる。自動バランサーが作動するので、ぎりぎりひっくり返らないけど。

な、何が起きたのよ。

すぐにわかった。

通路に隔壁が降りたのだ。PPは、そこに正面衝突した。センサーは働かず、視認もできなかった。ハミングバードが妨害していたからだ。

捨て駒だわ。目くらましのための。

ユリのPPも思いっきり隔壁にめりこんでいた。ハミングバードを追い払おうとして腕を振りまわしているときに隔壁が降りてきたらしい。レッカーが壁を半分くらいみごとに切り裂いている。

あら、これってどっちかといえばラッキーよ。

だったらとばかりにあたしもレッカーを叩きつけ、一気に隔壁を破った。

なるほど。これも、そうなのか。破ったときにわかった。

この妨害行為、WWWAのトラコンに対する敵対的攻撃ではない。単なるシステムエラーだ。事故でハミングバードが暴走した。トラブルが起きて隔壁が降りてしまった。そういう言い訳を用意して、あたしたちをなんとか足止めしようとしている。レパードの推察どおりだった。

なんとしても、総督をうちらと接触させたくない。そういう強い意志をひしひしと感じる。

だったら、意地でも行ってやるわよ。総督、絶対に逃さない。

再び、通路を走りだした。

妨害はやまない。あらたな手が、続々と繰りだされてくる。

ホバーカートが二十台くらいあらわれた。無人で、荷物を満載していた。

こいつが、つぎからつぎへとPPに体当たりしてくる。その威力は、ハミングバードの比じゃない。質量がぜんぜん違う。

でも、PPはびくともしなかった。そりゃそうよ。あの勢いで隔壁にぶち当たっても平気だったんだから。

とはいえ。

「ああ、もううっさい！」

いらつく。

さらにまた、あらたな隔壁がでてくる。横でもなく、天井からでもなく、床っ！

今度は床から飛びだしてきた。

どういう意図でこんな仕掛けをつくったのよ。

しかも、その隔壁が途中で止まる。四、五十センチ上昇したところで、止まる。

つまずいた。これはもう予想外なんてものじゃない。超まさかの妨害工作だ。

一言でいえば。

せこい。

せこすぎる。だけど、すごく効果的だ。あたしもユリも、みごとに足をすくわれた。

ＰＰのバランサーが全力で重心位置を調整する。

ひっくり返るのは免れた。でも、そのかわり前進ができない。ＰＰは機能停止だ。おまけに、そうやってバランスをとろうとしているあいだにも、ホバーカートがぶつかってくる。当然、ＰＰは、その衝撃にも対処しなくてはいけない。

くっそぉ。

だったら、我慢なんかしない。転ぶんなら、転んでしまえばいい。

オートバランサーを切った。と同時に、PPの機能が回復した。脚が動く。床を蹴った。思いきり後方に向かって蹴った。反動で、PPが斜め前方へとジャンプする。

あたしは背中を丸めた。あごを引き、自分のほうから床に飛びこむ。

回転した。

背中から床に落ちた。丸めているから大きなショックはない。要するに前転だ。そのままごろごろごろと転がった。転がれば、前に進む。隔壁がまたまたまたまたできた。

大丈夫。バランサー使ってないから、反応できる。ぶつかったら、自力で乗り越え、また前方回転。

驚いたのは、あたしの横でユリがまったく同じ動作をしてたってことだ。ユリのことだから、いっさい対応できなくて、そのまま凝固しているはずと思っていたが、そうじゃなかった。

「あらあ。ケイ、やるじゃない」

ユリの声が響いた。

ばっ、ばっ、ばっ、ばか言うんじゃないわ。なに上から目線になっているのよ。よくやったのは、そっちでしょ。

ひたすら転がりまくって、通路を抜けた。見た目は最悪にかっこ悪かったけど、なんとかドッキングポートに入った。

総督のシャトルはどこ？

いた。映像に光点が重なった。もう到着している。思ったよりも近い。ただし、壁やら部屋やらが行手をさえぎっていてまっすぐ進むことができない。あちこち迂回する必要がある。

「時間ないわよっ」

ユリが言った。

わあってる。まわり道していたら、総督に逃げられる。

ショートカット。

壁に向かって突っこんだ。邪魔者は壊す。破壊して進路を確保する。急いでいるときの、これは常識。

どかんばかん、ぐわん、ばりばり。

ポート全体に派手な擬音を撒き散らして、あたしとユリは総督のシャトルを目指した。

いやあ、PPすごいわ。破壊力抜群。便利だから、〈ラブリーエンゼル〉にも一、二体積んでおこうかしら。

オフィスを吹き飛ばし、コントロールルームを粉砕した。人間の姿はほとんどない。

いるのは非ヒト型ロボットと、汎用のハミングバードばかりだ。進路をふさいだときは、とりあえず蹴散らす。スクラップになっていただく。

光点が明滅した。あった。総督シャトルのドックナンバーは23。VIP用ではない。ありふれた民間機用だ。わざとそうしているのだろう。そんなのにはだまされないよ。って、レパードからもらった情報そのままなんだけど。

23。

数字が見えた。ドックの扉に描かれている。あの扉の向こうがエアロックだ。ドックにチューブで係留された宇宙船から乗員が下船し、このエアロック経由でステーションへと移乗する。総督は、おそらくエアロックの中だ。

あたしとユリは扉の前に向かった。この状況、たぶんもう総督は知っている。しかし、Uターンして地上に戻ることはできない。預かっている資材をラボに搬入しないといけないから。

だとしたら、どうする？

総督は何をする？

「ケイっ！」

いきなり、ユリがあたしに飛びついてきた。

5

ひっくり返った。

さしものオートバランサーも、至近距離からPPのアタックを食らったら、抗しきれない。仰向けに倒れた。あたしの上に、ユリがかぶさる。

あにすんのよ、こいつは。

そう思ったとき。

あれがきた。

あれとはもちろん、あれだ。

でも、これ予想外の出来事。だって、いまあたしとユリはハードスーツを着てPPに乗っているのよ。

あたしたちの能力って、よく言えば繊細、悪く言えば中途半端である。

自分たちの意志で発動させることができない。あれがくるのは、いつも偶然だ。しかも、千里眼と言っている割には、見えるものが極端に少ない。断片ばかりで、何を見たのかすらよくわからないときがある。

それが今回はいろいろと違った。

そもそも、あれがくるきっかけがいつもと大きく異なっていた。

通常は、重大な危機に面したりすると、あれがくる。そんなときにユリとあたしのからだのどこかが触れたりしたら、もうほぼ確実だ。それが呼び水になって能力がいきなり発現する。

今回は、直接の接触ではなかった。衣服越しといえば衣服越しだが、着ていたのはハードスーツで、触れ合ったのはぶ厚い合金製の装甲パネルだ。それでも、あれはきた。

あたしとユリの意識が白い光に包まれた。

失神ではない。認識はちゃんとある。思考も保たれている。ただし、時間感覚が失せる。そして視界も消える。

あたしたちは映像の中に浮かんでいた。

この映像はあたしたちの脳内に生じたものだ。両の目で見ているものではないが、見えるという意味ではたしかに見えている。あたしたちの肉体を包むようにして、この映像はいま間違いなく存在している。

全身が熱っぽい。強い快感が、からだの芯を貫く。苦痛はない。逆だ。むしろ、気持ちいい。

ホバーカートが走り去っていく。操縦レバーを男性が握っている。知らない顔じゃない。キャピタルにくる前にしっかりと脳裏に叩きこんできた。

総督だ。

総督の乗ったホバーカートが通路を疾駆する。荷台に貨物を積んでいる。

どこに行くのか？

それはわかりきったことだ。

キャピタル内部の通路は迷路のように入り組み、絡み合っていた。たぶん、わざとまわり道をしているのだろう。その迷路をホバーカートはぐるぐるとまわる。右に折れ、左に曲がり、ときには、違う階層にも移る。明らかにUターンしている場所もあった。

そして、ようやく目的地に到着した。

倉庫のそれのような大きな扉があり、それが一気にひらいた。その中に、ホバーカートが飛びこんだ。

光が爆発する。

白く広がり、あたしの視野をまばゆく覆った。

つぎの瞬間。

あたしの眼前にユリの着るハードスーツの頭部が出現した。

これは映像ではなく、現実の光景だ。ユリが仰向けに倒れたあたしの上にどかっと乗っている。

さらにその上を。

黒い影が通過した。

そのシルエットは。

ホバーカートだ。大型のホバーカートが一台、いまあたしとユリを容赦なくまたいでいった。

直後。

爆発が起きた。

ホバーカートがエアロックの扉に激突した。

あとでわかった。ルーシファは、またも事故を装ったのだ。

エネルギーチューブを運んでいた無人のホバーカートがシステムの変調で暴走し、ドック23のエアロックにぶつかった。その衝撃で、エネルギーチューブが爆発し、扉を吹き飛ばした。ついでに、あたしとユリのPPもこなごなになるはずだった。ところが、その目算が狂った。ホバーカートがきたのは、あたしの背後からだった。それはユリにとっては真正面ということになる。PPのセンサーがホバーカートの接近を捕捉し、意図を予測したAIがアラートを発してユリに対応策を示した。

そう。お利口だったのはユリじゃなくてPPのAI。ユリは単にその判断に従っただけ。でも、そのおかげで判断力に乏しいはずのユリが暴走するホバーカートに気がつき、あたしを押し倒して床に転がった。

あれがきたのは、まさにそのときだ。

爆風があたしたちの真上を吹き抜ける。

その爆風の中に、あらたな影があらわれた。影はドックからでてきた。でてきて、あたしの眼前を横切った。

これまたホバーカートだ。爆発したやつよりひとまわり小さいタイプ。その車種には見覚えがある。さっき見たばっかだ。映像として。

こいつには、総督が乗っている。

「おどきっ！」

あたしはユリのPPを跳ね飛ばした。

床を踏み、立ちあがる。

「見たわね？」

あたしはユリに訊いた。ユリもなんとか身を起こした。

「見た」

「いま、総督の乗ったホバーカートがラボに向かった。場所はわかってるわね」

「位置、暗記したわよ。あんなに親切なあれって、はじめてでしょ」

「なんか、得体の知れないものがあるわね、ここ」あたしは言った。

「それがあたしたちの能力にもよくわかんない影響を与えている」

「けど、おかげで助かったわ」

「そう。助かった。行くわよ、ラボに」

「先まわりしちゃいましょ」

「とーぜんね」

あたしとユリは走りだした。映像で見たホバーカートは攪乱するためだろう。派手に迂回をしていた。そのコースをまっすぐに進めば、PPで通路を走ってラボに向かっても、こっちが先着できる（はず）。

走った。

それはもう必死に走った。正直言うと、ちょっとだけ意地になっていた。だってそうでしょ。あのくそ総督。あたしたちをだし抜いたのよ。まさかのホバーカート自爆戦法。しくじったけど、猫だまし効果はあった。あたしたちがあおりを食らった隙にエアロックから脱出し、荷物をかかえて遁走しやがった。

頭にくる。許せない。ルーシファのラボ、かけらひとつ残さず、ぶち壊す。

決意して走った。小惑星の中につくられた長いトンネル通路を一気にどたどたと駆け抜けた。

大きな扉の前に至った。

映像で見たとおりの倉庫の扉だ。

当たり前のことだが、扉は閉じている。しかも、ものすごくごつい。さっき破ろうとしたエアロックの扉、言うまでもなく頑丈なんだけど、こいつはその比じゃない。たとえて言えば、戦艦のハッチレベルだろうか。試しにセンシングしてみた。ハードスーツに付属している装置でやったので精度はそんなに高くないが、それでも、二十センチブラスターの直撃なら二発は耐えられるという結論がでた。

さすがに外洋宇宙船の解体ができるPPとはいえ、そんなのには歯が立たない。

「へばりつくしかないわね」

あたしはユリに言った。

「PPで飛びこみたかったのにい」

あたしとユリは通路の脇道に入り、そこでPPとハードスーツを脱ぎ捨てた。

いつもの恰好に戻る。ああ、全身が軽いわ。

あたしは右腰のホルスターに手をやった。いま帯びている火器はこのレイガン一挺。でも、出力は半端ない。そして、左腰にはもろもろの秘密道具を仕込んだポーチも提げている。

「上のほうがいいかしら」

ユリが言った。

「そうね。そのほうが目立たない」

ポーチから薄手のグローブをとりだした。それを両手にはめた。

倉庫の扉に向かって近づく。

グローブをはめたてのひらで扉に触れた。グローブが、表面に貼りついた。

あとは登るだけ。グローブはあたしたちの意志に従い、はがれたりくっついたりする。

前にも言ったけど、ここの重力は〇・六Gだ。自力を使っても、それほどの負荷は感じない。パワーアシストなしでも、腕の力だけですいすいと登れる。

天井ぎりぎりまで登った。

ちょうど登りきったときだった。

ホバーカートがきた。

総督が乗っているやつだ。まわり道しまくるから、こんなに時間がかかるのよ。まあ、おかげでタイミングはばっちりだったんだけど。

ホバーカートの接近と同時に、扉が横にスライドした。ちょっとだけひらく。ホバーカートが通れるだけの幅。このこともあたしたちは映像で見ていた。なので、扉がひらく割れ目のすぐ横にくっついていた。

ひらいた瞬間。

するりと扉の内側へともぐりこむ。扉、すごくぶ厚い。あせって前に進んだ。疾駆してくるホバーカートと競争だ。

抜けた。ラボの中に入った。

その直後に、扉は閉じた。

6

そこは倉庫というよりも、工場の中という感じだった。

正体不明の装置が、中央の通路をはさんで左右にびっしりと並んでいる。装置は稼働しているらしく、うなるような音があたしたちの耳朶をひっきりなしに打つ。

装置と装置の隙間に、小型のカートが何台も置かれていた。

ホバータイプではない。車輪で走るやつだ。たぶん、研究員が移動用に使っているのだろう。これなら、どこにでももぐりこめる。

拝借した。ひとり乗りなので、あたしとユリとで二台。

行先は。

チョーカーに仕込まれたセンサーが教えてくれた。たったいま、ここを大型のホバーカートが通過した。その痕跡が、かすかな熱源として空気中を漂っている。センサーは、それを捉えた。

最高の道案内である。

追いかけた。

ちょっとだけ通路を走った。すぐに右に折れる。装置の奥へと進んだ。

とつぜん、痕跡が失せた。行手には装置すらない。あるのは壁だ。このまままっすぐ行くと、壁に激突する。

ということは。

この壁が開閉するってことだ。

ああ、残念。PPを捨ててきちゃったよ。

壁の前でカートを停めた。さすがにこれで突っこんでも、この壁はびくともしない。それは一目でわかる。

「どーすんの？」

ユリが訊いた。

「切り裂く」

あたしは即答した。

上着のスリットからカードを一枚とりだした。

ブラッディカードだ。〇・五ミリ厚のテグノイド鋼でできている。四辺が鋭利なエッジ状に仕上げてあって、投げれば、超硬合金でも、すぱっと両断できる。エアロックの扉やさっきのごつい倉庫の扉は無理でも、この程度の壁なら、どうってことはない（はず）。

あたしとユリはブラッディカードを指先にはさみ、かまえた。

「はあっ！」

気合い一閃、投げた。本当はイオン原理で目標に向かって自動飛行するからかけ声なんか要らないのだが、そこはそれ気分の問題である。こういう演出は、けっこう重要よ。

ひゅんひゅんひゅん。

二枚のブラッディカードが渦を巻くように飛んだ。断るまでもなく、その軌跡を肉眼で捕捉するのは不可能だ。羽音に似たハム音だけがかすかに響いた。

ブラッディカードが戻ってきた。二本の指で、それをキャッチした。

一瞬の間。

壁が割れた。表面に直線の筋が何本も生じた。その筋が動く。ずれて、大きく歪む。

轟音とともに、崩れ落ちた。壁がブラッディカードによって、無数の破片と化した。

と同時に。

警報が鳴った。当然だ。むしろ遅いくらいである。あたしたちがここに侵入した時点で警報は鳴るはずと思っていた。それならそれで、すぐに一戦交えることができたのだが、そうならなかった。おそらく、ひらいた扉から堂々とここに入ってくるやつなどいないと思っていたのだろう。無駄な誤警報の発令を避けることができるから、警備仕様としては一応ありだ。

でも、さすがに壁を破壊されるとなると話がべつだ。明らかな武力攻撃である。

壁にでっかい口があいた。縦横二メートルくらい。立派な入口ね。

と、のんびり眺めている余裕なんて皆無だった。

あたしとユリはダッシュした。壁の向こう側へと飛びこんだ。

ハミングバードがあらわれた。

今度はおしとやかな汎用タイプではない。これ見よがしに火器をぶらさげた軍用ハミングバードだ。もうあたしたちが誰であるのかは関係ない。ここまでこられちゃったら、トラコンだろうと連合宇宙軍の兵隊だろうと、見境なく始末する。でなきゃ、確実に宇宙軍の本隊がキャピタルに乗りこんでくる。

あたしとユリはレイガンを抜いた。

撃ちまくった。

とりあえず、ここがどういうところで、何があるのかはまったく気にしない。だって、撃つしかない状況なんだもん。

光条が華々しく錯綜する。

壁を灼いた。なんだかよくわからない機器も灼いた。ハミングバードも爆発した。

前に進むと、総督が乗っていたホバーカートがあった。荷台はからだ。どうやら、もう資材は降ろしてしまったらしい。

さらにハミングバードが飛来してきた。

ビームがくる。頭上から光線が降ってくる。

ああ、面倒。うざい。

反撃した。こうなったら、手当たり次第だ。もういちいち狙ったりしない。とにかく、何でもかんでも灼く。灼いて灼いて、灼き尽くす。トリガーボタン、押しっぱなしよ。

炎があがった。爆発がつづく。そこらじゅうで火球が弾ける。

火災発生だ。あたしたちの任務は、ラボの存在を突きとめ、そこに連合宇宙軍を呼びこむことである。中央コンピュータの指示は、それだけだった。それをどう実現させるかは、あたしたちの裁量にまかされている。

じゃあ、派手にやるのがいちばんよ。だって、相手はルーシファ。お上品にやっていたら、こっちがひねりつぶされちゃうわ。

というわけで、目の届く範囲すべてを火の海にした。燃やせば、とりあえずラボが機能しなくなる。……わよね？

自動消火装置が作動した。消火剤が天井から噴出し、あたり一面が真っ白になった。

「やめろっ！」

どっかから誰かがでてきた。どっかってのは、おそらく壁に切られた隠し扉だ。人影が見えた。人間だ。ようやく人間の登場である。十人くらいいた。もしかして、こいつらは武装したガードマン？

あたしとユリは、でてきた連中に向かって銃口をかまえた。

「撃つなっ。丸腰だっ」

先頭の男が叫んだ。

顔を見た。

あらあ、総督閣下じゃない。やっぱり、ここにきていたのね。

「撃たないわ」あたしが言った。

「ルーシファの手下に成り下がっていることを素直に認めたら」

「おまえたち、何者だ？」

総督が訊く。

「トラコンよ」ユリが言った。

「ＷＷＷＡの」

「トラコン」

総督の表情がこわばった。こいつ、ルーシファからあたしたちの情報をもらってないんだ。総督閣下といえども、ルーシファの毒牙にかかったら、一介のパシリくんとなる。

そのさまは、さっき目のあたりにした。命令されるだけで、何ひとつ教えてもらえない。使い捨ての道具で、最後はゴミ箱に突っこまれて終わりだ。すべての責任を負わされることになるんだろう。

「動くんじゃないっ！」

総督の背後から声が響いた。

今度は誰？

総督の右横に、もうひとり男が並んだ。

おや？

こいつ、ちょっとイケメンじゃない。身長も高くて、そこそこかっこいいし。年齢は直感で三十歳前後ってところかな。十九歳のあたしたちに比べると、おじさんレベルだ。でも、まあ守備範囲内だといっていい（なんの？）。

でも、このイケメン、かなりやぼったい作業用ワークスーツ風のスペースジャケットを着ている。しかも、背中にでっかい何かがくっついている。スペースジャケットの付属装備というには、あまりにも大きい何かだ。あたしひとりくらいなら楽に入ってしまいそうな方形のケース。そんな感じね。それを背負っている。いや、背負っているんじゃない。そのケースとスペースジャケットが一体化している。セットでデザインされているんだ。そういう意味では、ものすごく特殊なウェアだ。

「これを見ろ」

男が右手を挙げた。その指に小さなカードがはさまっていた。

「見たわよ」

あたしが言った。

「このカードにはぼくの声が登録してある。自爆装置のスイッチだ。ある言葉を唱えたら、このラボが爆発する。すべての証拠が吹き飛び、おまえたちもぼくも死ぬ。WWWAだろうが、連合宇宙軍だろうが、ぼくの研究成果の横どりは不可能だ。誰にも渡さない」

おやおや。

「ていうか、あなた何者？」

ユリが訊いた。

「答える義務はない。命が惜しかったら、さっさとここから去れ」

教えてくれないんだ。けど、見た目で想像がつく。さっきは武装したガードマンかと思ったが、しっかり観察したら違った。こいつらはラボの科学者だ。つまり、時空間移動の研究をして違法な装置をつくっている連中。で、この男はそのチーフね。だから、こんなおかしなスペースジャケットを着ている。

「あんたさあ」あたしは一歩、前にでた。

「そっちこそ馬鹿なこと言わないで。死んだらおしまいよ。もう研究できなくなるのよ。たぶん、三度の飯より研究が好きってタイプでしょ。だから、違法と知ってても、ルーシファの要請を受け入れて怪しい研究をここではじめた。全部わかってるわ」

むりやり言いきった。しかし、当たり前だけど、まったく何もわかっていない。すべてはったりである。

「黙れっ！」男の額に青筋が浮かんだ。「研究成果を奪われるくらいなら、死んだほうがマシだ」

あら、怒った。図星だった。

「ねえ、自爆スイッチのキーワードってなあに？」

ユリがまた訊いた。それはもう自然な問いかけだった。ユリの得意技のひとつ。すっごくやばい質問でも、「おなかすいてない？」くらいの感じで訊くことができる。

「タビオンフローラ」

男が言った。問われて、反射的に答えてしまった。

こんな時に、その特技を使うんじゃないっ！

ユリっ！

つぎの瞬間。

爆発した。

7

バカだ。

絶対にバカだ。

この男、研究者としてはすごいやつかもしれないが、人間としては、ただのバカである。いくら釣られても、ふつー口にしないだろ、そんな物騒なキーワード。

そこかしこで、炎があがった。爆音が轟き、爆風が渦を巻く。

そりゃもう、たいへんな事態だよ。

風にあおられ、あたしたちは宙を舞った。床に叩きつけられ、転がる。あたしたちというのは、あたしとユリだけじゃない。総督も、男も、その他大勢もみんな一緒に吹き飛んだ。

甲高い音が耳に響いた。爆発音よりも鋭く、大きい音だ。

なんなの？

俯せに倒れたまま、あたしはおもてをあげた。

眼前に異様な光景がある。

光が乱舞していた。激しくきらめく光。といって、まぶしいという印象ではない。暗色の上で無数の細かい光が、踊り狂っているって感じだ。光の色は一色ではない。さまざまな色彩を伴っていて、その色が微妙に変化している。万華鏡を覗きこんだときに見る景色と言えば、少しは近いだろうか。

光がうごめいているのは直径一メートル弱の円盤だ。もしかすると球体なのかもしれないが、この状況では、それは確認できない。

「ひらいた！」

声がした。

あたしのすぐ横だ。視線を移すと、そこに腹這いになって上体だけを起こしているくだんのイケメンバカ研究者（略してバカ研）がいた。

「ひらいたってなんのことよ？」

あたしはバカ研に訊いた。

「異空間への扉だ」

バカ研は言う。

「はあ？」

あたしの頬がひきつった。こいつ、転がったときに頭でも打ってバカを飛び越えちゃったのか。

「成功したんだ！」バカ研の声が高くなった。

「小さい穴みたいなのはあけたことがある。文字どおりのピンホールだ。あけても数秒でふさがってしまった。だが、これはぜんぜん違う。そんなせこい穴じゃない」

「だーら、穴って何よ？」

あたしの声も高くなった。バカ研、興奮しまくりであたしの言葉をろくすっぽ聞いていない。

「入口だ。これをくぐれば、異世界へ、ミリアドへ行くことができる」

バカ研は首をめぐらして、あたしを見た。

い、いせかい！

あたしは言葉を失った。

「予測はしていたんだ。理論は完璧だった。だが、穴はひらかない。どれほどパワーをかけてもだめだ。空間のねじれは確認できた。実験するたびに、キャピタル内の空間は明らかにねじれていた。なのに、そのねじれが結果につながらない。ある一線をどうしても越えられなかった」

「じゃあ、この穴は？」

「越えた。最後の手段を使って」

「最後の手段」

「爆発だ。装置を吹き飛ばす。その衝撃で、注ぎこむエネルギーを限界以上に増幅させる。超過負荷だ。そうすることで、あかない穴を力技で開通させる」

「…………」

「可能性は承知していた。しかし、これをやったら研究は一からやり直しになる。そのリスクが怖くて、どうしても踏みきれなかった。それを、あんたたちが決断させてくれた」

また、あらたな爆発音が轟いた。消火剤は噴出しっぱなしである。それが、そこそこ効いていて炎は広がらなくなっているが、装置の内部でつづいているらしい連鎖爆発は、まだ抑えきれていない。

「感謝するよ、あんたたちに」

バカ研が笑った。ああ、笑顔もけっこううるわしい。……って、そんなことを言っている場合ではない。

「ケイっ！」ユリが言った。

「意識があるのは、あたしたちと、こいつだけよ」

え、そうなの？

あたしは周囲を見まわした。

あら、ほんとだ。

総督も、他の研究員も、みんな爆風に打たれて昏倒している。ぴくりとも動かなくて、生きている気配はほとんどない。これはたぶん、身に着けていた装備の差だ。あたしたちは防弾、耐衝撃機能を備えた特製ウェアを着て、さらに全身をポリマーコーティングしている。この程度のダメージなら、どうってことない。

一方、バカ研はあのおかしなスペースジャケットだ。背負っているみたいに見えるのが何かはわかんないけど、なんらかの緩衝材で内部が保護されている可能性がある。たぶん、それで失神だか即死だかを免れたのだろう。

「捕まえて引き渡すわ。こいつを連合宇宙軍に！」ユリがつづけた。

「こいつは研究の全貌を知っている。データも持ってるはず。連行すれば、ラボを破壊された責任は問われない。チャラになる」

うーん。

そうきたか。さすがはユリ。こういうことだけは、すぐに頭がまわる。

いーわよ。

あたしはうなずいた。この提案、悪くない。ユリにしては冴えている。

レイガンは握ったままだった。落としてない。身を起こし、それをあたしはかまえた。

銃口がバカ研を捉える。

ん？

バカ研がいない。

「あっちよ！」ユリが叫んだ。

「いま逃げた」

ユリは立ちあがっていた。右前方を指差している。

視線をやると、バカ研の背中が見えた。うひゃあ。あによ、この変わり身。完全に意表を衝かれた。

あわてて追った。床を蹴り、ダッシュした。

「待ってよお」

ユリが遅れた。これは、いつものこと。いざ動くとなると、ユリはとろい。あたしよりもコンマ数秒だけ早く、バカ研が逃亡したことに気がついたのにさ。

バカ研が逃げる。

あたしはひとりでバカ研を追っかけた。遅れるユリには、かまっていられない。ユリ、自力でなんとかするんだよ。

バカ研は扉のほうじゃなくて、ラボの奥のほうに向かっていた。

なぜ？　そっちへ行ったら、追いつめられるだけでしょ。

「ケイ、わかったわ」

ユリの声が聞こえた。

と同時に、ホバーカートがあたしの横に並んだ。

総督が乗ってきたホバーカートだ。それをユリが操縦している。

ぐわっ。ユリってば、そんな手を使うのか。

「ホバーカートの端末でシステムにアクセスしたの」ユリは言う。

「この先に脱出用のシューターがある。それに乗ってカプセルごと宇宙空間に脱出ってのを狙ってる」

ちいっ。そんな仕掛けがあったのか。

「ケイ！」

ユリがあたしに向かって左手を差しだした。あたしは走りながらそれをつかみ、横ざまにジャンプした。

転がるようにホバーカートのシートへと飛びこんだ。

ああっ、天地がひっくり返った。頭から座面に落ちて、さかさまになった。でも、戻せない。狭くて身動きがとれない。

じたばたじたばた。

ホバーカートが、バカ研に追いついた。バカ研、壁に隠されていた脱出用シューターの扉をひらいた。エレベータに似ているが、ちょっと違う。扉をくぐると、そこはカプセルの中だ。カプセルは電磁誘導で射出され、トンネルを抜けて宇宙空間に弾き飛ばされる。Gがすごいはずだけど、カプセルの内部は緩衝材だらけだ。圧死することは、たぶんない。

バカ研がカプセルに入った。同時に、ホバーカートがその前を通過する。

「いまよっ！」

ユリがあたしの襟首をつかんだ。

ちょ、ちょっと！

ユリが跳んだ。襟首つかまれた、あたしも一緒だ。ふたりそろって空中に躍りでた。

壁にぶつかるぅ。

と思ったら、ぎりぎりでタイミングが合った。紙一重でセーフ。

カプセルの中へ、頭から突入した。

これ、ふつー、自殺というわよ。

「ぐわっ！」

悲鳴があがった。

カプセルには先客がいた。もちろん、バカ研だ。あっちが先に飛びこんだ。そこにあたしとユリが降ってきた。

みごとにバカ研はあたしたちの下敷きになった。ギャッとつぶれた。でも大丈夫。緩衝材があるから、死ぬことはない。

扉が閉まった。

その直後。

カプセルが発進した。

8

予想以上の衝撃だった。

十Gくらいかなと思っていたのだが、軽く三十Gをオーバーしている超加速だった。あくまでも体感だけど。

巨大なハンマーで一撃されたようなショック、というとちょっと近いかも。人工重力が実用化されているいま、こんなすごいGを食らうことはめったにない。したがって、耐性訓練も受けていない。

一瞬、意識が遠のいた。緩衝材に全身を包まれていてこれである。なかったら、三人とも平たくなって息絶えていたね。

そして。

とつぜん我に返った。

闇の中だ。真っ暗。

重力がない。あたし、ユリ、バカ研の三人が緩衝材の中で折り重なっていることは感覚でわかる。バカ研、こんな美女の下敷きになっていられるなんて、とんでもない幸せ者である。このまま圧しつぶされて死んでも、きっと本望だろう。

「射出されたのね」

ユリが言った。

あたしは端末で〈ラブリーエンゼル〉を呼びだした。

応答があった。オッケイ。交信可能だ。これで助かる。

〈ラブリーエンゼル〉を遠隔操縦する。といっても、簡単な命令を与えるだけだ。あとはシステムが勝手になんとかしてくれる。

ドッキングポートから離脱した。管制室への許可申請は省いた。仰天しているかもしれないが、そんなこといちいち教えてらんない。なにせ、こっちの動静は向こうに筒抜けなんだから。

カプセルと〈ラブリーエンゼル〉の相対位置がわかった。そんなに離れていない。ただし、こちらはどんどんキャピタルから遠ざかっていっている。射出されたんだから当然だ。ただのカプセルだから、制御はできない。与えられた初速のまま、どこまでも飛びつづける。

〈ラブリーエンゼル〉が追いかけてきた。どうやら、阻止行動は食らってないようだ。ま、そんなことしたら、船内で寝ているムギが黙ってないけどね。ムギを怒らしたら、やばいよ。ルーシファの戦闘艇あたりだと、あっという間に撃沈されちゃう。

数分後。

〈ラブリーエンゼル〉がカプセルを回収した。

マニピュレータでつかみ、格納庫に引き入れる。

「カプセルの蓋、あけてくれる」

あたしがバカ研に向かって言った。バカ研、もぞもぞと動いた。装着している端末を操作したらしい。

カプセルが割れた。ぱかっと割れて、蓋が跳ねあがった。

ふう。

すごい開放感。ユリと一緒に、転がるようにカプセルの外へとでた。

ちょっと間を置いて、もぞもぞとバカ研が這いだしてくる。

「どこだ？　ここは」

独り言のように問いを発した。

「あたしたちのお船よ」ユリが答えた。

「あんたをここに勾留する。その不恰好でかさばるスペースジャケットも脱いでもらうわ」

「そいつは断る」バカ研が立ちあがった。

「いま、このコントローラーを外すわけにはいかない」

コントローラー？

なんの？

「ケイ、あれっ」

ユリが声をあげた。血相を変え、バカ研を指差している。

バカ研がどうしたのよ。あたしは視線でユリの示す先を追った。

って、なにこれ？

ユリが指差しているのはバカ研じゃなかった。その背後だった。

一目見て、あたしの頬もひきつった。

あの七色の光がきらめく謎の円盤だ。バカ研が異空間への扉とかほざいていたやつ。

それが、ここに出現している。

「おお、まだ消えてない」

バカ研の顔がゆるんだ。破顔一笑という表情だ。こいつ、こんなもの見てマジに喜んでいる。

「なんで、こいつがここにあるのよ？」

くぐもった声で、あたしが訊いた。

「ぼくがハイパーリープ・コントローラーを背負っているからさ」あたしに目を向け、バカ研がにっと笑った。

「これがある限り、ひらいた扉はエネルギーを放散させ、自然に消滅するまでぼくにくっついてくる。そして……」

「ねえ」ユリが言った。

「この光の円盤、さっきより少しだけ大きくなっているみたいなんだけど」

「ああ」バカ研はゆっくりとうなずいた。

「大きくなっている。まだエネルギーを空間そのものからとりこんでいるところだから。おそらくこの数十倍のサイズになる。そして、その周囲にあるすべての物質を呑みこんで、それを異空間へと運ぶ」

「待てっ！」あたしが叫んだ。

「そのすべての物質にあたしたちも……」

「含まれる。欣喜雀躍(きんきじゃくやく)するがいい。行けるんだぞ。人類も人類以外の生命体も、まだ誰ひとりとして足を踏み入れたことのない異世界(ミリアド)に」

いいい、いやだあああ！ そんなとこ、死んでも行きたくなあああああい！

光が散りはじめた。

気がつくと、本当にきらめく円盤がどんどん巨大化している。いまはもう円盤に見えない。〈ラブリーエンゼル〉の格納庫よりも大きくなったのだろう。あたしたちの周囲のあらかたが、まばゆい光の渦に埋め尽くされてしまった。

ああっ、ひらいた扉ってやつに呑みこまれるぅ。

と思ったつぎの瞬間。

視界が歪んだ。

視界といっても、見えているのは光の乱舞だ。あと、ユリの一部とバカ研の一部（手とか、足とか）。

それがぐにゃりとねじ曲がった。光は帯状に流れて色が混ざり合った。混ざり合って、真っ白な光になった。

白い世界。

すべてが純白。あたしの心のよう。

その清浄無比の空間に、あたしはいる。もうユリもバカ研も姿も見えない。

なんだろう。肉体が消え、意識だけがこの白い世界を漂っているといえば、表現として少しは近いのかもしれない。飛んでいるというか、浮かんでいるというか、落下しているというか。とにかく、そんな感じだ。

その状態がいつまでもつづく。

つづく。

つづく。

つづく。

終わんない。

まさか、永久にこのまま？

ちょっと不安になった。

どきどきしてきた。

そのとき。

いきなり暗転した。

世界が闇に包まれた。

ああ、また真っ暗。カプセルの中に戻ったのかしら。

いや、違う。ほんのり明るい。ていうか、いろいろと見える。だんだん視界がはっきりしてくる。

壁のようなもの。コンテナのようなもの。ユリの背中のようなもの。バカ研のいびつなスペースジャケットのようなもの。

ここって……。

格納庫だ。〈ラブリーエンゼル〉の。

「いったーーい」

ユリの声が聞こえた。

目をやると、ユリが起きあがるとこだった。長い黒髪がひるがえる。腰のあたりを押さえているらしい。

「どこへ行った？　夢の扉は」

バカ研の声も響いた。こちらは床の上にあぐらをかいてすわりこんでいる。不細工なスペースジャケットは着こんだままで、脱いでいない。

「みぎゃあ」

ムギがきた。ムギは船首の操縦室にいた。留守の間の操船補助をまかせていたからだ。そこで、あたしたちが格納庫に入ったことを知り、さらにさっき起きた異変を察知して、ここにやってきた。そんなところだろう。

「うわっ！」

バカ研が悲鳴をあげた。ムギに気がついた。

「な、なんだ？　こいつは！」

怯(おび)えている。

そりゃそうだね。

ムギは異形の生命体だ。体長二メートルの猛獣である。見た目はテラ産の猫に似ている。でかい猫。猫というよりはむしろ別種の豹というべきか。体毛は真っ黒。黒豹だ。だが、もちろん豹ではない。両肩に触手が二本、生えている。この触手が曲者だ。先端が吸盤になっていて、人間の腕とはぼ同様に動く。いや、人間よりも器用だ。少なくとも、ユリの腕よりは間違いなく。

そして、巻きひげ状になった耳。こいつが触手以上に曲者だ。これを震わせて、ムギは電波、電流を自由自在に操る。しかも、知能は人類と同等。いやいや、これもユリが相手なら数倍上である。もしかしたら、十倍くらいかもしれない。

古代文明によってつくりあげられた完全生物。それが、ムギの正体だ。真空中でも生息可能で、カリウムを摂取していれば、食事も睡眠も必要ない。長い爪はKZ合金を引き裂き、鋭い牙はワープ機関の隔壁をも噛み砕く。

「みぎゃあ」

ムギが一声啼いた。

9

格納庫備えつけの3Dスクリーンに映像が入った。

耳の巻きひげを震わせ、ムギがシステムの操作をした。

ムギには、できる。その能力がある。

スクリーンいっぱいに青い色が広がった。だが、青一色ではない。白と褐色の模様が、その上に散らばっている。

惑星だ。これ、惑星の映像よ。それも、すぐ近く。たぶん衛星軌道あたりから見た光景。

ダバラット？

「違う！」バカ研が叫んだ。

「これはダバラットじゃない」

「どういうこと？」

あたしが訊いた。

惑星映像に文字が重なった。あたしは、それを読んだ。

未知の宙域。

該当恒星系なし。

該当惑星なし。

現在位置不明。

「きたんだよ」

低い声で、バカ研が言った。

「きた？」

「ミリアドだ。ここはわれわれの宇宙ではない。異なる空間の異なる宇宙。そして、異なる星々の群れ。成功したんだ。夢の大跳躍（ハイパーリープ）に！」

高らかに声を張りあげた。目がぎらぎらと輝いている。

「ケイ」なんの感慨もない口調で、ユリが言った。

「操縦室に行ったほうがいいかも」

ああ、そうだ。格納庫でうだうだしている場合じゃない。

「そこのあんた」あたしはバカ研に向き直った。

「そのださいスペースジャケット、脱いでよ」

「これはコントローラーだ。放棄できない」

「うだうだ言うと、そのコントローラーをぶっ壊すわよ。そんなのかついで船内をうろつきまわられたら迷惑なの」

あたしは拒否するバカ研を一蹴した。

「かわりのスペースジャケットならあるわ」ユリが言った。

「ゲスト用の作業着だけど」

「コントローラーの安全は保証してくれるのか？」

「もちろん。それは重要な証拠物件だもん」

あたしはうなずいた。

「わかった。言うとおりにする」

バカ研はいきなり素直になった。研究にしか関心がないやつは、それが担保されたら、あとはどうなってもかまわないのだろう。

ユリがスペースジャケットを持ってきた。バカ研はそれに着替えた。ついでに、あたしが名前を訊いた。

「もういいでしょ。そろそろ名乗ってくれる。あんた、誰？」

「ラーヤナ」

バカ研は言った。

「変わった名前」

「先祖代々、受け継がれてきた由緒ある名だ」

「へえ」

着替えが終わった。あたしはスペースジャケットと一体になったコントローラーを格納庫の重要機材保管ルームに入れた。

操縦室に向かう。

着いた。

すぐに操縦席に腰かけ、ナビゲーションシステムを起動した。

メインスクリーンがエラー表示だらけになった。座標確定不可能。

やっぱりだめってことだ。ここは、本当にあたしたちの宇宙じゃない。

背筋がざわつく。いやな汗が流れる。

周囲をセンシングしてみた。宇宙船でもステーションでもいい。衛星軌道上にいるのなら、とにかくなんかうろついてないかと思ったのだ。

何もない、というか、3Dレーダーがいっさい反応しない。

「無理だ」やっと名前がわかったラーヤナがぼそっと言った。

「まだ時空間が乱れている。扉は消えたが、穴そのものがふさがったわけではない。たしかに移動はした。しかし、存在している物体としてわれわれが紐づけられているのはもとの宇宙だ。その歪みが、さまざまな事象に不可視の影響を与えている。電磁波によるセンシングは、諦めたほうがいい」

「地上はどうなの？」

あたしはユリに訊いた。ユリは副操縦席に着き、ラーヤナは補助シートに腰を置いている。その背後には、ムギがぴたりと張りつく。

「電波はキャッチできない。でも、揺らめく小さな光がある。自然の反射光ではなく、明らかに人工照明の光」

スクリーンの映像が変わった。明滅するオレンジ色の光が映った。光源は小さい。出力も低い。

「惑星の赤道付近にでっかい大陸がある。あの真ん中あたりね」

「すばらしい」スクリーンに向かって、ラーヤナが身を乗りだした。

「これは文明の痕跡だ。この世界には知的生命体がいる」

「勝手に決めないで。まだ何もわかってないわ」

「さっきも言っただろう」ギラギラと光る目で、ラーヤナはあたしを睨んだ。

「ここは、もうわれわれの宇宙じゃない。時空を超えてやってきた未知の異世界だ。もっと好奇心をあらわにしろ。重要なのは探求しようとする意志だ。そして、足を踏みだす。それが偉大なる探検の一歩となる」

「着陸するわ、ユリ」あたしはラーヤナの言葉を無視した。

「地上で状況を再確認する。その上でどうするか、あらためて判断よ」

「いいわ」ユリが小さくあごを引いた。

「それしかないわね」

「再確認だと？」ラーヤナがヒステリックに叫んだ。

「ここがミリアドなのは、はっきりしている。着陸するのは賛成だ。だが、再確認など要らない。それよりも調査だ。人類初の偉業を堪能し、おのれの実績としよう」

「本物のバカね」あたしの頬が少しひきつった。

「そもそも要らないのは、あんたよ。あたしたちにとって、いまのあんたはただの邪魔者。一緒に行動したかったら、おとなしくしていることね。でないと監禁するしかなくなるわ」

「か、監禁……」

ラーヤナの表情が派手にこわばった。

「わかってる?」ユリが言った。

「あんた、ルーシファの構成員なのよ。銀河連合の特別協定で、宇宙海賊とルーシファの構成員はトラコンであっても無条件で逮捕勾留ができる。どうするかはあたしたちのさじ加減ひとつってわけ。すべての情報から遮断される拘束カプセルに放りこまれたい?」

「………」

ラーヤナは言葉を失った。

「自分の立場を理解したわね」あたしは睥睨(へいげい)するようにラーヤナを見た。

「理解したなら、今後はうちらの指示で動きなさい。監視はそこにいるムギがやるわ。ムギ、情け容赦ないわよ。どこにいようと、あんたが大事にしているコントローラーを電子的に破壊できるし、あんた自身だってずたずたに嚙み裂いちゃう。証拠がどうとか、人権がなんとかってことはいっさい考えない」

「…………」

「決まりね」あたしは首をめぐらした。

「ユリ、下に降りるわ」

「オッケイ」

あたしは操縦席に着き、レバーを握った。

降下を開始する。まずは衛星軌道を一周し、着陸地点を定めた。さっき人工照明らしき光があった赤道付近だ。にしても、センシングできないのが痛い。完璧に未知の世界で映像情報だけが頼りってのは、かなり不安である。でも、やるしかない。

じりじりと高度を下げた。〈ラブリーエンゼル〉は垂直離着陸型の宇宙船だ。滑走路は不要だが、離着床がわりの広場が要る。直径百メートルくらいの平地だ。地盤も固くないとだめだ。砂地や湿地だと、すごくやばいことになる。

ぎりぎりまで高度を下げた。といってもこのタイプの宇宙船は航空機みたいに低高度で長時間の滑空なんて器用なマネができない。

それでも千メートルくらいを保ち、強引に水平飛行をつづけた。地盤の質なんて、センシングすれば一発でわかるのだが、目視では見当もつかない。周囲の様子と合わせて、なんとか見極めないとだめだ。

必死で見た。もう生まれてはじめてと言っていいくらい、必死で地上を眺めた。目標地点、夜が終わって朝になった。いまはもう光は見えない。

「あそこどうかしら？」

ここはという場所があった。台地のてっぺんだ。平たくて、岩場っぽい色をしている。

「いいと思う」

ユリも賛同した。よっしゃ、これでしくじったとしてもあたしひとりの責任じゃない。

座標をセットし、着陸シークエンスに入った。以降は、ほぼ自動操船である。あたしの出番はいざというときの微調整だけだ。

逆噴射を利かし、ゆっくりと降りた。

地盤はオッケイ。みごとに〈ラブリーエンゼル〉の船体を支えてくれた。

着陸完了。

第二章　巨大怪獣ってなんなのよぉ！

1

あらためて、台地の周辺をセンシングしてみた。

電磁波系は無理でも、空気中の含有成分、温度や植生、移動物体はシステムまかせで確認できる。電磁波系も、ムギがいれば、ある程度は感知してもらえる（はず）。

大気組成は問題なかった。ほぼ完璧な地球型。放射性物質も含まれていない。紫外線レベルも許容範囲内である。

その数値をダバラットのそれと比較してみた。

微妙に違っている。

「やっぱりな」

ラーヤナが言った。バカ研野郎、あたしのうしろにいて、スクリーンを覗きこんでいる。

「ここはダバラットじゃない。頭上に浮かんでいる太陽も観測してみな。間違いなく別物だ。ナバングロスではないことが、すぐにわかる。ついでだから、データベースと照合することも勧めたい。おそらく銀河系全域のどの恒星とも合致しないだろう」

「照合やったわ」ユリが言った。

「何ひとつヒットしない」

「そういうことだ」勝ち誇ったように、ラーヤナは大きくうなずいた。

「そろそろ諦めて、頭を切り換えろ」

「ユリ」低い声で、あたしは言った。

「こいつ、うっさいよ」

「うん、うっさい」

ユリはうなずいた。

「これから、あたしたちは船外にでて、この星をもっと詳しく調べる」あたしはラーヤナに視線を向けた。

「あんたは拘束し、船内に残すことにした」

「やめろっ！」ラーヤナが叫んだ。

「それだけは、やめてくれ。ぼくも行く。外にでる。一緒に連れてってくれ。頼む。もうよけいなことは言わない。逃げることもしない。指示には、完全に従う。だから、置いてきぼりだけは勘弁してほしい」

顔面蒼白で、半べそ状態である。

「わあった」今度はあたしが勝ち誇った感じで、大きくうなずいた。

「連れてったげる。でも、信用はしない。ムギをあんたに張りつかせるわ。おかしなマネをしたら、即座に襲いかかるから、覚悟しといてね」

「あ、ああ」

話がまとまった。

まずは武装した。火器は高出力レイガンとヒートガンの二挺拳銃だ。ブーツにも、電磁ナイフの鞘を装着した。ユリは空中戦に備えて小型のハンドジェットを背負った。飛行するのは無理だが、ジャンプは補助してくれる。三、四十メートルなら一飛びだ。

問題は、ラーヤナだ。こいつに武器を与えるわけにはいかない。

ラーヤナに向かい、あたしは言った。

「あんたは丸腰ね」

「………」

ラーヤナは言葉を失い、全身をこわばらせた。

「大丈夫よ」ユリが言った。

「ムギがくっついている。たとえ相手が連合宇宙軍のパワードスーツ部隊でも、ムギには勝てない。最強のボディガードね。不安になることはないわ」

「みぎゃお」

ムギがきた。足音がしない。さりげなく、ラーヤナの背後に立った。

エレベータで階層を下り、ハッチをでた。そこからはリフトで地上に降りる。

風が吹いていた。さまざまな匂いを感じる。気温は二十八度。空は青く澄み渡っており、頭上には、恒星（つまり、この星の太陽だ）が白く輝いている。位置としては夜明けの二時間後くらい。この場所の一日ははじまったばかりってことね。

「生体反応はキャッチできないか？」

前後左右をきょろきょろと眺めまわしながら、ラーヤナが訊いた。

「それっぽいものがいくつかあるわ」ユリが答えた。

「周囲よりちょっとだけ温度が高い何かだけど、形状や大きさはわかんない。動いているのもある」

「生き物だね」

あたしが言った。

「ああ、生物だ」

ラーヤナがうなずいた。

そこで気がついた。こいつ、さらっと話しかけてくる。自分の立場を理解していない。

一発かましたろか、と思ったが、口をひらきかけてやめた。まだ、さしでがましいというほどではない。しばらく様子見である。図に乗ってきたら、ヤキ入れてやろう。

「あそこに森があるでしょ」

ユリが右手を指差した。大地を下りきったあたりで岩場が途切れ、そこから緑の森がはじまっている。見た感じは、完全に地球型惑星のそれだ。いくらラーヤナにここが異世界だと言われても、そんな雰囲気はかけらもない。異世界って、もっとおかしなとこでしょ。空はピンクで、地面は真っ赤。金色銀色の花が咲き乱れ、首が四つとか、脚が八本とかの身長五十メートルくらいの怪物がうじゃうじゃと蠢いている。

そうよ。それこそが正しい異世界よ。万が一、ここが異世界だったとしても、こんなの異世界じゃない。あたしは認めない。

ホバーカーゴをだすことにした。キャピタルにあったやつよりずっと小型のやつだ。二座しかなくて、あとは荷台。速度もがんばって五十キロくらいしかでない。武器も搭載していない。けど、歩いていくよりははるかにマシだ。

端末操作で格納庫のハッチをひらこうとした。

そのときだった。

警報が鳴った。端末がぶるぶると震えた。画面がレッドアラートで赤く染まった。

「みぎゃあっ！」

　ムギの鋭い咆哮が、あたしの耳朶を打つ。

「なんか、くるわ！」ユリが叫んだ。

「うしろ。温度センサーが感知してる。生き物よ。それもかなりおっきい」

　うしろって、〈ラブリーエンゼル〉の向こう側じゃない。外洋宇宙船って小さくないのよ。小型でも、八十メートル級だから、へたなビルよりでかいのよ。

　あわてて〈ラブリーエンゼル〉の反対側へと走った。ユリもラーヤナも一緒だ。ムギはいち早くあたしの視界から消えた。

　まわりこんだ。

　そいつが見えた。

「うあっ！」

　ラーヤナの足が止まった。悲鳴をあげ、からだをのけぞらせた。

　すぐそこだった。ほんの数十メートル先。そこに、そいつがいた。

　巨大な四足肉食獣。

　体高はざっと二十メートル。でかくて丸い目玉に耳まで裂けた口。その中には鋭くて長い牙がびっしりと生えている。

　間違いない。誰がなんと言おうと、この化物は獰猛な肉食獣だ。

「どうすんの？」ユリが訊いた。

「ぶっ倒す？」

うーん、どーしよう。でかいと言っても、相手は生身だ。ヒートガンの熱線で顔面あたりを灼いたら、一撃必殺とまではいかないけど、確実に仕留められる。でも、いまはもうムギがやる気満々なんだよな。ここで、手をだしたら、あとでみぎゃみぎゃと文句を言われそう。

ムギにまかせるべきか、うちらで片づけるべきか。

ちょっとだけ迷った。その迷いが意外な展開につながった。

「戦えっ！」

「殺せっ！」

「逃げるなっ！」

とつぜん、まわりが騒がしくなった。

人だ。

人間が出現した。それもひとりやふたりじゃない。いきなり十人以上。

しかも、その言葉が理解できる。

いや、しゃべっているのは銀河標準語（ガラクト）ではない。ピアスに内蔵された装置が拾った音声を翻訳し、タイムラグなしであたしの耳にその言葉を届けている。ただし、それが可能なのは、あくまでも人類もしくは人類近似種による文法を有した言語に対してだ。ムギの「みぎゃ」とか、眼前の肉食獣の「うがあ」なんて吼え声は翻訳できない。

あらわれた連中の姿恰好は、どこからどう見ても人間だった。それも、あたしたちとほとんど同じ。男女比は七三くらいかな。服装は見慣れたものではなく、すごく野暮ったい。武器らしきものを手にしているが、それもへんな形状をしている。棍棒なんだろうか、飛び道具なんだろうか、さっぱりわからない。これがビームライフルだったりしたら、あたしびっくりよ。

とりあえず便宜上、かれらを原住民と呼ぶ。で、巨大肉食獣をメダマンと名づける。

原住民がメダマンを囲んだ。武器をかまえ、対峙した。

光条が疾（はし）った。あの棍棒みたいな武器から閃光が弾け、飛んだ。

うっそー！

本当にビームライフルだったの？

2

戦闘がはじまった。

どうやら、メダマンは〈ラブリーエンゼル〉を見つけてここにやってきたのではなさそうだ。

この原住民たちと遭遇し、かれらを追って、台地のてっぺんまで登ってきた。そういうことらしい。

大地を登りきったところで、原住民が反撃を開始した。戦い方を見ていると、なんとなく原住民側の狙いがわかる。メダマンの足もとを崩し、斜面から転がり落とそうという作戦だ。

まあ、この貧弱な武器では、それくらいしかメダマンの巨体にダメージを与える方法はないだろう。それでも、こいつは死なないね。せいぜい逃げる時間をちょっとだけ確保できる程度だ。いや、それもちょっとむずかしい。

と思っているあいだに、案の定、原住民たちは蹴散らされた。

「ひいっ！」

原住民のひとり（男性）に、メダマンが襲いかかった。

速い。でかいくせに、動きはめちゃくちゃ俊敏だ。

一瞬だった。首がすうっと伸び、ひらいた大口が原住民の胴体を捉えた。牙が団体で肉に食いこんだ。

悲鳴と同時に鮮血が飛んだ。肉が裂け、骨が砕ける音が鈍く響いた。

つづいてもうひとり。今度は女性だ。メダマンのしっぽに弾き飛ばされ、後肢でぐしゃっと踏みつぶされた。

とてつもなくスプラッターな光景が、あたしたちの眼前で繰り広げられる。それはもう凄惨。メダマンは恐ろしく凶暴だ。こいつら、よくこんなちゃちな武器でこんな怪獣に挑めるよ。無謀以外の何物でもないけど、少し感心しちゃう。

で、見ていたら、なんとなく状況がわかってきた。

原住民は、作戦で台地に登ってきたのではない。集団で移動している途中でメダマンにでくわし、あせって逃げようとしたが、原住民は徒歩だ。どうあがいても引き離せなかった。

で、行き場がないまま追いつめられ、台地にぶち当たって斜面を駆け登った。反撃は苦肉の策だ。考えて実行したことではない。だから、まったく歯が立たなかった。

「やばいわよ」ユリが言った。

「ほっとくと、こいつ、〈ラブリーエンゼル〉にも突っかかってくる」

これは、ユリの言うとおりだ。もちろん、メダマンが思いっきり体当たりしても〈ラブリーエンゼル〉はびくともしない。傷ひとつつかないだろう。でも、問題は地盤だ。けっこうしっかりした岩塊とはいえ、ここは整備された宇宙港の離着床ではない。一応、支えてはいるが、相手は八十メートル級外洋宇宙船の質量だ。衝撃を受けて崩落する恐れが十分以上にある。〈ラブリーエンゼル〉が倒れたら、それはもうたいへんなことだ。

へたをすると、衝撃でメインエンジンが爆発しかねない。

「しゃあないね」あたしはヒートガンをホルスターから抜いた。

「何もわからないまま介入するのは不本意だけど、やむを得ないわ」

暴れまくるメダマンの頭部に、あたしは狙いを定めた。ユリと話しているあいだに、犠牲者がまた増えた。すでに四人となった。さすがにこれを見てみぬふりというのも、いささか気分が悪い。

照準、ロックオン！

トリガーボタンを押した。

熱線がほとばしった。紅蓮（ぐれん）の炎がうねりながら進み、大気を灼き裂く。

メダマンの顔面を直撃した。

「ぐがぎゃっ！」

メダマンが悲鳴をあげた。

炎がメダマンの首から上を包んだ。超高温熱線の直撃である。

「うがががっ」

メダマンはのたうちまわった。頭をぐるぐるとまわし、炎を消そうとした。だが、消えない。それどころか、火勢はさらに強くなる。

がおん！

あらたな咆哮が響いた。

黒い影が空中に躍りでた。

ムギだ。ムギがメダマンに向かって跳んだ。

忘れていた。こいつは、ムギが狙っていたんだ。最初から自分の獲物だと主張しまくっていた。なのに、あたしがさっさと攻撃してしまった。

とりあえず、ここから先はムギに譲った。

一瞬だった。燃えさかる炎を意に介さず、ムギはメダマンの肩上に飛び乗り、首筋に前腕を振りおろした。

血しぶきがあがる。KZ合金すら断ち切るムギの爪がメダマンの肉をえぐった。

メダマンの巨体が大きく揺れた。

頭が前に下がる。下に向かって、ぐらりと落ちる。

すさまじい一撃だった。メダマンの頸部は、その直径の半分以上を切断された。頸椎も、微塵に砕かれた。

メダマンがつんのめるように倒れた。地響きが轟き、あたしの足もとが激しく上下にうねった。

メダマンの全身が痙攣する。おそらく、もう絶命している。これは脊髄の反射とかなんとか、そういったやつだ。どたんどたんと暴れ、すごくうるさい。

「ケイ、あれ」

ユリが言った。左手を指差している。

目をやると、原住民がいた。生き残ったほぼ全員がひとかたまりになり、こっちを見ている。目を丸くして、驚愕の表情だ。ようやく、あたしたちに気がついたのだろう。いままではメダマンから逃げるのに必死で、〈ラブリーエンゼル〉もあたしたちも、いっさい視界に入っていなかった。

そっか。

今度は、あたしが気がついた。

メダマンを倒したってことは、要するにかれらを救ってしまったということだ。たっぷりと介入しちゃったよ。わざとじゃないけど。

となると、つぎは接触だ。だって、あいつら我に返ったらしく、歩きはじめたんだもん。こっちに向かって。

「くるみたいね」

ユリがあたしを見た。どうする？　と訊いている。あいつら、命を助けられたんだ。きたら、あたしたちに何か言う。ありがとうとか、かたじけないとか、お礼に一億クレジットくらいさしあげますとか。

原住民は、あたしたちまで三十メートルくらいのところにきた。そこで、足を止めた。

頭を低くし、うかがうようにこちらを凝視している。

　遠慮しなくていいのよ。命の恩人だけど、それはたまたまだから。

と、声をかけようと思った。小声でつぶやけば、あたしたちが発声する言葉もピアスのシステムが翻訳し、声質やトーンそのままにあっちに返してくれる。そうなっている。

　が。

　鷹揚（おうよう）に振る舞うどころではなくなった。

　原住民たちが、いきなり手にしたレーザーライフルの銃口をあたしたちに向けた。

　ちょっと待て。

　あにする気？　あたしたち、敵じゃないのよ。敵だったら、メダマンだけでなく、あんたたちごと吹き飛ばしてるわよ。それがわかんないの？

　とうろたえていたら。

　撃たれた。

　いきなり何条ものビームが疾り、あたしたちの脇をかすめた。当たらなかったのは、銃身を握っていた原住民の手ががくがくと震えていたからだ。ヒートガンと得体の知れない黒い猛獣。うちらの破壊力を日のあたりにして、相当びびっていたのだろう。

「ムギっ！」正面をまっすぐに見据えたまま、あたしは言った。

「ビームライフル、無力化して」

がおん。

ムギが咆えた。耳の巻きひげが震えた。

ビームがふいに途絶えた。乱射が止まった。

原住民があせりまくる。何度もトリガーボタンを押す。でも、もうビームライフルはいっさい反応しない。

あたしとユリは前に進んだ。あたしの右横には、ムギも並ぶ。

残った原住民は八人。男が五人に、女が三人。七人くらいがメダマンに殺された。

原住民は、おびえた。腰が引け、顔面蒼白だ。

「やめろ！　待ってくれ！」

声が響いた。同時に、あらたな原住民があらわれた。男ふたりだ。大地の斜面を駆け登ってきて、あたしたちと八人の原住民とのあいだに割って入ってきた。

ひとりが両手を横に広げ、あたしたちを見据えて立ちはだかる。

あらららら。

ものすごいイケメン。むっちゃ、いい男。身長が高くて、ほどよくマッチョ。ブラウンの髪はやや長めで、目もとは、あくまでもすずやか。ラーヤナなんか、比べものにならない。

「かれらの非礼は、わたしが詫びる」イケメンは言った。

「許してほしい」

許す！

すべて水に流す！

即決した。

3

イケメンは原住民のリーダーだった。名前はトトガボ。なんじゃそれという名前だが、まあ、異世界なら仕方がない（ここが異世界であるということを、もはや認めている）。あとからきたもうひとりは、科学者だと紹介された。こっちも、ちょっとだけイケメンだ。年齢は直感で三十歳前後。……って、ラーヤナになんか似ている。身長とか体形はほぼ同じだ。兄弟だと言われても、たぶん信じる。それくらいの相似形。名前はナナーヤ。これも、なんとなくラーヤノに近いね。

ホバーカーゴに乗って調査行にでるのをとりやめ、〈ラブリーエンゼル〉の蔭でトトガボとナナーヤの話を聞くことになった。

地べたにすわり、双方が向かい合う。通訳システムを持っていないラーヤナは、蚊帳の外だ。〈ラブリーエンゼル〉に戻れば予備端末があるけど、あとまわし。いまは、ムギの監視付きでそのあたりにいてもらう。大丈夫。ちょっと遅れるけど、会話は通信機で送信したげるわ。あんたは、それを聞いてちょうだい。

「まずはゴゴッタンから助けていただいたのにもかかわらず、仲間があなた方を攻撃してしまったことをお詫びします」

トトガボが頭を下げた。ゴゴッタンというのはメダマンのことらしい。

「しかし、これには理由があるんだ」

横からナナーヤが言った。

「理由？」

「似ていたのです。あなたたちおふたりが」

トトガボが言葉を継いだ。

「誰に？」

「ユリリとケイイです」

「ユリリ？」

「ケイイ！」

あたしとユリは、互いに顔を見合わせた。

「崇拝される戦士たちの帝国（Worshipful Warriors Empire）のババラスカ征服大将軍です」

ワーシップフル・ウォーリアーズ・エンパイア。ガラクト表記での頭文字はWWEだ。面倒なので、今後はそう呼ぶ。

「ババラスカってなに？」

ユリが訊いた。

「この星の名です。恒星クパングヅビスの第六惑星。WWEに支配された植民星です」

少しずつ異世界（ラーヤナの言うミリアドね）の状況がわかってきた。

WWE暦で三百十四年前、ひとつの帝国が全銀河系を制圧した。帝国を率いたのは初代神皇ビビンス・マクママホーン。ちなみに、現神皇は十一代目である。名前はシェシェイン・マクママホーン。

神皇は臣民を居住可能な惑星につぎつぎと送りこみ、その恒星系をすべて自身の領土とした。ババラスカも、そうだ。

ババラスカは資源採掘を目的に開発された。派遣された人びとは、みなその作業に従事する臣民たちだ。

猛烈な勢いで採鉱がおこなわれ、資源はあっという間に採り尽くされた。開発された鉱山はすぐに廃坑となる。なったら、またつぎの鉱山を拓く。そして、からっぽになって打ち捨てられる。これが二百年以上にわたって、繰り返された。大陸、海、島、ありとあらゆる地域の、ありとあらゆる鉱床が掘られ、ババラスカは穴だらけの空洞惑星と化した。

資源枯渇。

その報を受け、WWEは決断した。

資源の宝庫としてのババラスカは終わった。今後は新兵器の開発基地にすると。

「WWEの前進基地は、衛星軌道上にあります」と、トトガボは言った。

「超大型の軌道ステーションです。そこから、新兵器を使って、巨大生物を地上に送りこみます。その生物自体も人工兵器です」

「もしかして、さっきのやつ?」

あたしが訊いた。

「ええ。あれもそうです。ステーション〈ドビビータル〉で人為的につくられ、ここに転送されてきます。餌はババラスカの原生生物と、わたしたち」

「あんたたちはなんなの?」ユリが口をはさんだ。

「鉱山の技術者?」

「違います」トトガボは、首を横に振った。

「わたしたちは政治犯です。WWEの横暴に異を唱え、神皇打倒を旗印にして立ちあがった抵抗組織、〝ウジャジャータ〟のメンバーです」

「捕まって、この星に流されたってこと」

「生みだされた巨大生物を兵器として完成させるための道具ですね。なので、武器を渡されました。黙ってただ食われたのでは、困ると言いたいのでしょう」

「でも、あれ、せこい武器よ」ユリが言った。

「あんなおもちゃみたいなビームライフルじゃ、生物兵器はぜんぜんびびらない」

「武器の改良も、許されています。その設備も、この星にはあります。ただし、それができるか否かはわれわれ次第。機会は与えた。あとは必死で戦い、生き延びろ。そして、WWEの新兵器完成に寄与しろということです」

死んだ星のあらたな活用。抵抗勢力への厳しい処罰。新兵器の開発促進。一石三鳥か。神皇マクママホーン、やるわね。

「ところでさあ」ユリが言葉をつづけた。

「あの巨大生物、どうやって衛星軌道から地上に送りこんでいるのかしら？　シャトル？　降下カプセル？」

「転送装置だよ」

ナナーヤが言った。

転送装置？

「ワープ機関を応用して、〈ドビビータル〉の研究所にいる開発部隊の科学者が設計したんだ。ワープ機関は惑星などの大質量の近くでは使えない。重力干渉によってワープ空間が歪み、機関が暴走してしまうからだ。だが、その欠点を逆用すれば歪んだ空間を通じて、物質を転送できるかもしれないことに、科学者のひとりが気がついた」

「それ、やばくない？」

あたしが言った。

「危険は危険だ」ナナーヤは大きくうなずいた。

「機関暴走一歩手前の状態になる。しかし、転送距離が数万ミミル単位で、かつ転送質量が百ココロール以下なら、出力を抑制できて暴走まで至ることはない」

「一ミミルとか一ココロールって、どれくらい？」

ユリが訊いた。

「一ミミルは、ババラスカの円周程度。一ココロールは、俺百五十人ぶんってとこかな」

なるほど。五万キロメートルに一千トンってとこね。けっこういけるじゃない。

「ただし、それはあくまでも机上の計算。理論値の上限だ。現実は、まだそこまでいっていない」

「あんた、やけに詳しいわね」

あたしの頬がぴくりと跳ねた。おかしい。新兵器開発情報なんて、絶対に超極秘事項よ。一介の流人が知っているはずがない。

「当然だ」ナナーヤはにっと笑った。

「転送装置のアイデアを思いついたのは俺なのだから」

あんですってえ。

「かれは亡命者です」

トトガボが言った。

「亡命者？」

「逃げてきたのさ。WWEのやり方にむかついて、〈ドビビータル〉から」

「なんか、失敗したんじゃない？」ユリが覗きこむようにナナーヤの顔を見た。

「それで立場があやうくなり、亡命と称して抵抗勢力に保護を求めたとか」

「それはない」ナナーヤは首を横に振った。

「見てわかるだろ。ここは安全とはほど遠い場所だ。そういうことで逃走するのなら、こんなところにはこない。外洋宇宙船を奪って、もっと気楽に住める星に行く」

「わたしも、そう思います」横からトトガボが言った。

「かれは、わたしたちの思想に共鳴して、ここにきてくれた。おかげで、武器や居住環境の改善も進んだ。放棄されていた古い施設も、利用できるようになったし、〈ドビビータル〉から送りこまれてくるボボアダクも運に恵まれれば倒せる可能性がでてきた」

ボボアダクというのは、巨大生物兵器の総称らしい。さっきムギが切り裂いたゴッタン（メダマンよ）はそのうちの一種だ。

「そういうことなら、それでいいわ」あたしが言った。

「で、その装置は開発者であるあんたがいなくなっても、ちゃんと稼働しているのね」

「ちゃんとではない」ナナーヤは小さく肩をすくめた。

「上にいる連中はワープ工学の素人ばかりだ。俺がいなくなったら、WWEに専門家の派遣を要請するだろうと思っていたのだが、それをしなかった。どうやら、手柄を自分たちで独り占めしたかったらしい。おかげで、研究はさほど進展していない。転送はしょっちゅう失敗している。ボボアダクの転送率は、俺がいた時点で十パーセントに満たなかったが、いまはもっと落ちている。百頭送って、生きてここにくるのはせいぜい五、六頭だろう。実際、地上には転送途中で息絶えたボボアダクの死骸がごろごろしている」

「でも、あれだけ大型の生物をそんな確率でも転送できるってのは、かなりすごいわね」

あたしが言った。

「でかいから、死なずにすんだということもある。小型の知的生命体は百パーセント死ぬはずだ。でかくて頑丈で、脳が発達していない。そういう生物がもっとも転送しやすい。人間は、まだだめだ」

「それで生物兵器が、あんな怪獣ばっかになるんだ」

いろいろ納得した。

「で、あなたたちは誰なんです？」トトガボがあらためてあたしとユリに向かい、訊いた。

「そろそろ教えていただけませんか？」

4

ここにくるまでのいきさつを話した。

異世界からきたという一言は、かなりインパクトがあったらしい。信じられないって表情になった。でも、装備とか、ムギとかを見ると、そのとおりかもという気になる。

一応納得したものの、半信半疑状態というところだ。それは、あたしたちも同じである。いまでも、ここが異世界というのは、ラーヤナの錯覚ではないかと思う。だって、あたしたちの目の前にいるのは、言葉こそ違っていても、姿かたちは何から何まで人間だよ。たぶん、解剖しても寸分違わないはず。そんな異世界、絶対に考えられない。

「もしその話が事実なら」しばし間を置いてから、トトガボがゆっくりと口をひらいた。

「あなたたちは危機的状況に陥っています」

「どういうこと？」

あたしが訊いた。

「この宇宙船で衛星軌道上から地上に降下したんですよね」

トトガボは〈ラブリーエンゼル〉を指差した。

「ええ」

「捕捉されてます。〈ドビビータル〉に」

「がおぉぉぉーん！」

ムギの声が大気をつんざいた。

一声大きく咆え、あたしたちの前にやってきた。

と同時に。

あたしとユリの端末から警報が鳴った。発信元は、〈ラブリーエンゼル〉の制御システムだ。

スクリーンに表示された情報を読んだ。

何かがこの上空に近づいている。高々度から降りてくる飛行物体だ。温度センサーが感知した。3Dレーダーは依然として無効だ。時空の乱れは解消されていない。

「戦闘機だ！」ナナーヤがふいに立ちあがって頭上に目をやり、叫んだ。

「エンジン音が聞こえる。間違いない。あの音はＷＷＥのレットルヴィヴィア」

音？

ナナーヤが空の一角を指差している。あたしも腰をあげ、その方角に視線を向けた。

鋭い金属音が、あたしの鼓膜を震わせた。すごくかすかな音だったが、耳を澄ませていると、どんどん高くなっていく。

「三機……四機……」つぶやくようにナナーヤが言った。

「五機だ！　こちらにまっすぐくる」

「乗って！」あたしが言った。

「〈ラブリーエンゼル〉に。ちょっと狭いけど、この人数ならなんとかなる。格納庫に入って」

端末を操作して格納庫のハッチをあけ、リフトを下げた。ユリが、あたしたちを遠巻きにしていた原住民（いや、正体がわかったいまは、抵抗勢力とか反乱軍と呼ぶべきか）を集める。もちろん、ラーヤナも呼んだ。

〈ラブリーエンゼル〉の格納庫に十人の原住民とラーヤナを収容した。あたしとユリとムギは操縦室に直行だ。

発進。

その時点で、五機の戦闘機は距離数キロのところまで迫っていた。

一気に上昇する。

「戦闘機、キャッチ。映像を入れるわ」

ユリが言った。

メインスクリーンに、機影が映しだされた。

「！」

意外にでかい。そして、一目でわかる高い科学力。この機体の戦闘能力は、たぶんあたしたちの世界のそれとさほど差がない。

考えてみれば、そうだ。

WWEは銀河帝国である。ワープ機関も持っているし、それを搭載した外洋宇宙船も存在する。どの程度のレベルかはまだ不明だが、テラフォーミング技術も有しているらしい。都市とおぼしきものが見当たらず、抵抗勢力の貧弱な装備だけでかれらの文明度を推し量って（おし はか）いたのが間違いだった。

「逃げきれないね」

うなるように、あたしが言った。

状況としては、かなりまずい。〈ラブリーエンゼル〉は大気圏内での空中戦が苦手だ。ていうか、はっきりいってほとんどできない。弾幕を張って戦闘機の接近を阻む（はば）くらいのことなら可能だが、それも長時間は無理。このままだと、確実に仕留められてしまう。

こういうとき頼りになるのは。

　ムギだけだ。

「あいつら、まかせるわ」あたしはムギに向かって言った。

「ひきつけるから、外にでて片づけてちょうだい」

「うみぎゃ」

　ムギの長いしっぽが、うねるように跳ねた。

「きたわよ」

　ユリがメインスクリーンの映像をもう一度、温度センサーのそれに切り替えた。その機影に照準マークを重ねた。トリガーレバーを握り、ボタンに親指を置いた。

　フォーカスロック！

〈ラブリーエンゼル〉の搭載兵器はミサイルとブラスター。これでとにかく応戦する。

　あらたな警報が鳴った。

「また戦闘機の編隊！」

　ユリが叫んだ。

　げげっ。増援部隊？　まだ交戦前なのに。

「今度は七機」ユリがつづけた。

「四方八方、囲まれちゃう」

「迎撃中止」あたしはトリガーボタンから指を離した。

「ひとまず戦略的様子見」

「逃げるのね」

「十二機よ。宇宙空間ならいざ知らず、いくらムギでも、そんな数、いっぺんに相手できない」

「あの戦闘機じゃ、三、四機でもきついわね。懐に入られたら、打つ手がない」

「そういうこと。だから、とにかくひっぱってばらけさせる。がんがん行くわよ」

「はいはい」

加速した。苦手だけど、水平飛行でエンジン全開。ぶっ飛ばす。

スクリーンの中の機影がいっせいに反転した。

追ってくる。

ぐんぐん加速。Gを感じた。慣性中和機構の限界を少し超えたらしい。でも、気にしない。格納庫のお客さんは悲鳴をあげているかもしれないが、それも気にしない。全開一直線だ。

戦闘機との距離があきはじめた。包囲網が崩壊し、一列になって追っかけてくる。これこれ、これがうちらの狙い。

照準を合わせ直した。追撃してくる戦闘機編隊の先頭が目標だ。

トリガーボタン、プーーーッシュ！

多弾頭ミサイル四基を射出した。白い尾を引いて、ミサイルが戦闘機の群れへと突き進んでいく。

弾頭が割れた。ミサイル一基あたり二十発。四基で八十発の弾頭。

勝負あったね。これはかわせない。

火球が広がった。近接信管が作動し、高温のプラズマが、戦闘機を包んだ。

爆発する。八十個の火球の中で、あらたな火球が紅蓮の炎を散らす。

「やった！」

あたしは両の拳を握ってガッツポーズをした。全機、撃破。

そのとき。

ビームがきた。

完璧に予想外のビームだった。攻撃に気をとられ、しかも、その成功に安堵してちょっと集中力を欠いた。要するに油断ね。うっかりしたのよ。

ビームは高出力だった。弾頭に粉砕される直前に、戦闘機のうちの一機が放った。あっと思ったときには、もうその光条が〈ラブリーエンゼル〉の外鈑を灼いていた。

大丈夫。〈ラブリーエンゼル〉の装甲パネルはこんなビームにやられるほどやわじゃない。

と、自分で自分に言い聞かせたが、現実は、そんなに甘くなかった。

みごとにビームが船体の一部を貫いた。

さすがに致命的な一発ではなかった。小さな穴があいたが、それはセイフティシステムが作動し、すぐにふさいだ。

しかし。

問題は、その穴ではなかった。穴があいた場所がめっちゃまずかった。

そこにあるのは。

格納庫だ。

警報が鳴った。スクリーンがレッドアラートで真っ赤に染まった。

ユリがメインスクリーンに格納庫の映像を入れた。

画面が真っ白になった。消熱剤の霧だ。船内に入りこんだビームの熱を消熱剤で一気に下げる。そのため、自動的に噴霧された。人間には無害だ。しかし、しばらく何も見えなくなる。

「どうなってるの？　みんな、無事？」

あたしは呼びかけた。あたしの声が格納庫内で反響する。

「カメラはここか？」

いきなりナナーヤの顔が大写しになった。うーん、どっちかというと、トトガボの顔にしてほしかった。

「大丈夫。映ってるわ」

ユリが言った。

「壁を貫いて、ビームが飛びこんできた。直撃を受けた者はいないが、反射して四方に散ったプラズマの渦流にあんたたちの仲間が巻きこまれた」

「仲間って、ラーヤナ？」

「重傷だ。意識がない」

「！」

あたしの腰が少しシートから浮いた。

それ、本当なら最悪の事態だよ。

5

あわててムギと格納庫に向かった。操縦席はユリにまかせた。

ラーヤナは全身に大火傷を負っていた。ビームに灼かれてあいた船体の穴は自動的にふさがれ、熱も十数秒で中和されたが、さすがに乗船者の身体防護システムまでは備わっていない。

ムギの背中に乗せ、ラーヤナをメディカルルームに運んだ。ぼろぼろになったスペースジャケットもそのままに、治療カプセルに放りこんだ。あとはすべてAIにまかせる。うまくいけば、命は助かる。助かれば、もとの世界に戻ってから、あらためて本格治療に入る。

でも。

戻れるのだろうか。この事象のすべての鍵はラーヤナが握っている。ラーヤナが再起不能に陥ったら、もうあたしたちはもとの世界に戻れない。異世界に、永久島流しってことになる。

いやだあ。そんなの、絶対にいやだあ！

「ケイ」

ムギと一緒にメディカルルームからでてきたときに、ユリからコールがあった。通路の壁にはめこまれたスクリーンに映像を入れた。ユリの顔が表示された。

「また攻撃？」

「違うわ」あたしに問われ、ユリは首を横に振った。

「ナナーヤが、あたしたちに話があるって言ってるの。回線、そっちにもつないじゃっていいかしら？」

ナナーヤがあたしたちに話。

なんだろう。

「いいわ」

あたしはうなずいた。

スクリーンの映像がユリの顔からナナーヤのそれに変わった。

「着陸しろ」

前置きなしで、ナナーヤが言った。

着陸ぅ？

「地下に離着床がある。まだ採掘がおこなわれていた時代の施設だ。とっくに放棄されていたものだが、俺たちが復活させ、抵抗拠点のひとつとして利用している。そこに降りるんだ」

「それ、隠しアジトでしょ。着陸なんかしたら、トレースされて位置がばれちゃうわ」

「大丈夫だ。ジャミングをおこなう。電磁波だけでなく、光学的にも追跡はできない。着陸後は、完全封鎖して二重三重に守る。そこは、俺たちにまかせろ。こうやって飛んでいたら、また新手がくる。いったん降りないと、その繰り返しでいつかは撃墜されてしまうぞ」

うむむむ。

正論だ。

まさしくそのとおりである。

「どこに、どうやって降りればいいの？」

ユリが訊いた。

「俺が下に合図を送る。操縦室に入れてくれ」

「合図を操縦室から？」

「指向性の高い光の点滅だ。ピンポイントで照射する。俺でないとできない」

「どうする？」

ユリがあたしに訊いた。この言葉はピアスの端末経由だ。ナナーヤには聞こえない。

「トトガボとふたりなら、オッケイ」

あたしは答えた。もちろん、他意はない。あくまでも、ナナーヤがWWEから送りこまれたスパイだった場合に備えてだ。トトガボのほうがあたし好みのイケメンだというのは、この際、忘れるべきことである。……忘れないけど。

ユリがナナーヤに了承したことを伝え、あたしはムギと格納庫に戻った。ドアをあけると、ナナーヤとトトガボがでてきた。あたしはふたりを操縦室へと案内した。

合図には低出力レーザーを用いた。地上の映像をメインスクリーンに入れて、シートに着いたナナーヤがそれを見ながらトリガーボタンを押す。極めてアナログ的手法だ。

飛行経路も、ナナーヤが指定した。

　ババラスカを二周半。

「反応があった」

　ナナーヤがぼそっと言った。

反応？　ぜんぜんわかんなかった。ナナーヤが合図を送ったとき地上は昼で、視界もちゃんとあった。陸地はおおむね原生林か砂漠、岩山である。人工建造物は皆無で、不審な温度変化も見当たらなかった。

「見ているのは景色の細部です」ナナーヤの横に立っているトトガボが言った。

「樹木一本、あるいは岩塊ひとつの位置がさりげなく変えられます。この高度なので、ぎりぎり確認可能ですが、衛星軌道上からでは観測できないでしょう。そのくらい、かすかな変化を見ています」

「俺たちも、どこにある何が動くかがわかっているから、なんとかなる。でなかったら、永久に気がつかない」

　ナナーヤが言葉を足した。

「いろいろ苦労してるのね」

　あたしが言った。

「命懸けです。居場所が割れたら、即座にボボアダクを送りこまれます。ボボアダクは

〈ドビータル〉に何千頭も冷凍状態で保存されていて、いつでも解凍できるようになっています。そのうちの数頭だけでも、地下のアジトにいきなりあらわれたら、逃げ場がありません。われわれは全滅です」

トトガボの表情は、ものすごく真剣だ。ああ、その凜々(りり)しい顔も素敵よ。

ナナーヤが、〈ラブリーエンゼル〉のナビに降下目標地点の座標を入力した。

「ケイ、あと頼むわ」

ユリが操縦席から立ちあがった。あたしと入れ替わった。

あたしは操縦レバーを握った。

座標の当該地点を映像でスクリーンに入れる。山岳地帯だ。その深い谷の底に、そのポイントがあった。

「大丈夫なの？」あたしはナナーヤに訊いた。

「必死で隠してるみたいだけど、本当にジャミングでなんとかなる？　このまま〈ラブリーエンゼル〉が着陸したら、アジトへの入口が一発でばれちゃうんだけど」

「問題ない」ナナーヤが答えた。

「さっきも言ったとおり、電磁波も視界もしっかりと遮断する。光学的ジャミングはかなり原始的なやり方だが、意外に効果があるんだぜ」

「原始的？」

「メインは煙幕だな」

「煙幕ぅ！」

あたしとユリの目が同時に丸くなった。

「マジ原始的」

ユリが言った。

「山火事の炎と煙。霧。雲。火山の噴煙。ありとあらゆる自然現象を利用する。こういうのが、衛星軌道上からの観測に対しては、けっこういい目隠しになるんだ」

「〈ラブリーエンゼル〉は、低高度での水平飛行が苦手よ」

「わかっている。その限度いっぱいまで高度を下げてくれればいい。あとは下の連中がなんとかする。着陸は、現地が夜に入ってからだ」

「有視界飛行じゃないのね」

「音を使う。特定の動物の啼き声た。聴音は可能か？」

「地下百メートルで歯ぎしりしても聞きとれるわ」

「すごいな」

うっそぴょん。エンジンがごうごうとうなっているのよ。さすがにそこまでの聴音はできない。でも、かなり小さな音でもつかまえることはできる。キャッチした音すべてを波長解析し、そこから対象とおぼしきノイズを拾いだして増幅する。そういうプログラムは、ちゃんと備えている。

「サンプル音声ってないわよね？」

あたしは訊いてみた。

「残念ながら」

ナナーヤはかぶりを振った。

「こんな感じです」

横からトトガボが言った。言って、歯をカチカチと噛み鳴らした。

「似ている」ナナーヤが驚いた。

「というか、そっくりだ。アガガラの啼き声、そのままだ。あんた、すごい特技を持ってるんだな」

特技なのか。

「一応、登録したわ」ユリが言った。

「類似の音をキャッチしたら、反応すると思う」

「じゃあ、下げるわよ」

あたしは〈ラブリーエンゼル〉をゆっくりと降下させた。座標通過時の高度は三千メートルに設定した。計算ででた、この惑星での大気圏内水平巡航限界数値よりもちょい低いが、まあ、なんとかなるだろう。根拠ないけど。

通過した。

一瞬だった。直後に高度をあげ、安全範囲内に戻した。

「音を確認」ユリが言った。

「システムに座標をフィックス。つぎの周回で現地は夜の領域に入る」

「着陸シークエンス、入力したわ」あたしは小さくあごを引いた。

「あとは自動で着陸させる」

6

着陸した。

垂直降下して、〈ラブリーエンゼル〉は谷底に穿たれた穴の底へと沈んだ。

原始的ジャミングは、本当に効果があった（らしい）。

少なくとも、攻撃はいっさい受けなかった。

離着床は地下三百メートルほどのところにあった。予想以上にしっかりとした造りだ。

着陸と同時に、船体はフックにはさまれ、固定された。

「下船してください。ここは、このまま封鎖されます。穴の蓋がつぎにひらくのは、あなたたちの宇宙船が離陸するときです」

なるほど。ここをそのまま格納庫にしちゃうのね。助かるけど、それだとラーヤナは意識不明状態で、この穴倉にずうっととどまるってことになる。待望のミリアドなのに、この仕打ち。あとで知ったら、ぶんむくれるだろうな。

全員が船から降りた。ラーヤナ以外は、誰も残らない。あらためてわかったのは、負傷したのは本当にラーヤナひとりだったってことだ。超運の悪いやつだね。

外にでると、どこからかカートがあらわれた。無人操縦だ。三台が並んだ。端末を使って、ナナーヤが操作している。

いあわせた全員が、その三台のカートの荷台に乗った。ムギは乗らない。巻きひげをかすかにふるわせ、周囲の様子をうかがっている。

壁にトンネルの入口があった。カートが動きだし、トンネルの中へと進んだ。

視界が闇に包まれた。あたしとユリの横には、ナナーヤとトトガボがいる。でも、その姿はまったく見えない。

「本来はトンネル内にも照明装置があったのだが、いまは作動していない。このカートで壁沿いに移動する限り、センサーだけで十分なため、補修はしなかった。優先順位の問題だ。その余裕があるのなら、直したい施設は山のようにある」

ナナーヤが言った。

「地下施設はセンシングされてないの？」

あたしが訊いた。

「わからない。施設自体のデータは、当然〈ドビビータル〉にすべてそろっている。だが、どの施設をどう修理し、活用しているのかまでは察知していないはずだ。こっちも、それなりに手を打って作業をしてきた。エネルギー消費も抑えている。増やしたら、必ずセンシングされてしまうからだ」

「以前、やられたことがあります」トトガボが言った。

「あまり劣化していなかったパワープラントを発見し、それをみんなで修理して稼働させたときです」

「ばれたのね」

「いきなり、ボボアダクを送りこまれました。多くの仲間を失い、プラントも破壊され、負ったダメージははかり知れません。以降、われわれはあらゆることに神経を使って行動しています。それでも、先ほどのようにゴゴッタンに襲われたりするのです」

「ほんと、苦労してるのねえ」

ユリがぼそっとつぶやいた。能天気女、完全に他人事口調である。

「で、あたしたち、いまどこに向かっているの？」

あたしは質問を変えた。とにかく情報がほしい。この世界のこと、なんでも知っておきたい。

「アジトのひとつです。そこならそこそこ安全が確保されています。落ち着いて話をすることができるでしょう」

「そこそこなのね」

ユリが言った。

「残念だが、このババラスカに百パーセント安全な場所なんてどこにもない」ナナーヤが肩をすくめて言った。

「どこに潜んでいようと、一度その位置を捕捉されたら必ずボボアダクを送りこまれる。先にも言ったように転送の成功率は低いが、あいつらはうまくいくまで何度でも繰り返す。ユリリとケイイは半端なく執念深いのだ」

またユリリとケイイだよ。見た目が似ているってだけでなく、名前までもが酷似していて、耳にするだけで気分が悪くなる。

「あの巨大生物、〈ドビビータル〉でたくさん飼ってるの?」

ユリが訊いた。

「さっきも言ったように、数千頭が冷凍保存されている。成長に時間がかかるので最初はなかなか増やせなかったんだが、育成システムが改良されて、急激に個体数が増えた。俺たちがまだ全滅することなく生き延びているのは、ひとえに転送システムが貧弱だったからだ。そうじゃなかったら、とっくに皆殺しにされていた」

「ワープ工学の専門家が、あなただけだったのが幸いしたのね」

「それよりも」ナナーヤは言葉をつづけた。

「少し気になることがある」

「気になること？」

あたしの片眉がぴくりと跳ねた。

「なぜユリリとケイイが、あんたたちに似ているのか……だ」

「あたしとケイだけじゃないわ」ユリが言った。

「あなたとラーヤナも似ているわ。顔も名前も声も」

「いま、仮説がひとつ浮かんだ。それを考察したい。さっき言っていたな。ラーヤナはハイパーリープのコントローラーを持っていたと」

「でかいのよ」あたしが言った。

「スペースジャケットと一体になっていて、ものすごくかっこ悪いの」

「それは、いまどうなっている」

「解析中よ。〈ラブリーエンゼル〉のシステムに接続して。あれ、あたしたちの命綱だわ。何があっても、データは残しとかないとだめ」

「そのデータ、俺に見せてくれないか？」

「まだ終わってないと思うけど」

「かまわん。俺なら、そのデータの意味を理解できるかもしれない。そして、仮説が正しかった場合は」

「正しかった場合は？」

「あんたがたをもとの世界に戻すことができるかもしれない」

「すぐに見て！」

あたしとユリが同時に叫んだ。

「いまこっちの端末にデータを移す。この場に３Ｄで表示するから、徹底的に調べてくれる？」

「わかった」

あたしは端末を操作した。

闇の中に立体映像が浮かんだ。その真ん中にナナーヤが入った。

つぎつぎとデータが流れてくる。それをすさまじい速度で、ナナーヤが読む。ときおり流れを止めて熟考し、うなずいたり、何かつぶやいたりする。目の輝きがすごい。興奮している。これはもう新発見を目前にした科学者の表情（かお）そのものだ。

「やはり、そうか」

ナナーヤが、ひときわ大きくあごを引いた。

「なんか、わかったみたいね」

「証明したとはまだ言いがたいが、仮説がよりはっきりとした形になった」ナナーヤは、あたしに目を向けた。

「こっちの世界と、そっちの世界は密接なつながりを持っている。そして、ハイパーリープをおこなったあんたたちも、そのつながりに多大な影響を与えている」

「……………」

「簡単に言えば、あんたらがここにきたのは偶然ではないってことだ」

「偶然じゃない」

「ここは、あんたたちと紐づけられている世界だ。理論的には無数に存在している異世界。その中から、この世界が選ばれるのにはわけがある。そのわけというのが……」

「紐づけられているってことね」

「ラーヤナと俺。ユリリとユリ。ケイイとケイ。確認はしていないが、ぉそらく惑星の座標や恒星系での位置も類似しているはずだ。扉はそういう世界に対してひらかれ、相互に移動が可能になる」

「ケイイが、この世界にいるあたしなんだ」

「重要なのは、そのことが持つ意味だ。紐づけられているため、扉は完全に閉じられない。つまり、なんらかの手段を用いれば、もとの世界、もとの時間に戻ることができる」

「うそ?」

「ほんと?」

あたしとユリが同時に言った。ちなみに「うそ?」とほざいた疑り深いほうがユリである。

「研究対象として、最高の事象だ。ぜひ調べたい」

「ラーヤナもきっとそう言うんでしょうね」ユリが言った。

「ほんとに不運な人」

「研究、やれるわよ」あたしが言った。

「〈ラブリーエンゼル〉のシステムはコントローラーの解析を続行している。そのデータだけなら、アクセス可能にできるわ」

「すごい!」ナナーヤの声が高くなった。

「それは何があっても、やりたい。頼む。やらせてくれ」

「わあった」あたしはうなずいた。

「アジトに着いたら、やってもらうわ。あたしたちをもとの世界に戻すために」

7

「ちょっとぉ、レットルヴィヴィア部隊、全滅しちゃったわよ」

ユリリが言った。いつもの独り言口調だ。そのお気楽言葉に危機感は皆無だ。見た目にも、振る舞いにも、大将軍の権威を象徴する黄金色の甲冑が、まったく似合っていない。

「闖入者(ちんにゅうしゃ)って、何ものなの？」

あたしが訊いた。

「まだわかんなーい。バププロアとウウギーが、いま調べてる」

「失礼します」

征服大将軍執務室の扉がひらき、バププロアが入ってきた。ばさばさばさという羽音とともに、ウウギーも飛びこんでくる。

バププロアは、〈ドビビータル〉での新兵器開発プロジェクトをつかさどる科学者部隊の主任研究員だ。三ダダド前に逃亡し、地上に降りて反乱軍に加わったナナーヤの後任である。これにより、前任の征服大将軍が更迭(こうてつ)され、あたしとユリリが新任の大将軍となってババラスカへとやってきた。辺境のうらぶれた太陽系だが、ババラスカは希少鉱物の宝庫として帝国内(WWE)では、それなりの注目を浴びていた。だが、それも資源が根こそぎ尽き果てるまでのことだった。ババラスカには政治犯の流刑地及び新兵器の開発拠点というあらたな役割が与えられた。その矢先の不祥事だった。

どちらかといえば、後始末的任務の総司令官として神皇がお選びになったのは、魔能力兵団「ククウロラスカ」の将校として抵抗勢力相手に連戦連勝記録を更新しつづけていたケイイとユリリのペア。つまり、あたしたちである。一戦士から大将軍への昇格は、異例の大抜擢だ。過去にそのような例はない。

ウウギーがふわりと滑空し、あたしが腰を置くソファのサイドテーブルに舞い降りた。

ウウギーは、最初期に生みだされた人工生物（ボボアダク）である。ただし、大型ではない。七、八歳の子供くらいの体長で、見た目はほとんどが真っ黒の猛禽類（もうきん）だ。全身が黒い羽毛に覆われていて、頭部が丸い。そこにハート形の顔面がある。この顔面の羽毛だけが白い。純白だ。そして、猛禽類だから当然たくましい翼を有している。その翼で空中を高速飛行できる。

ボボアダクは当初、二系統に分かれていた。知能を人間並みに設定した知的高等生命体と、肉体を巨大化させた大型肉食生物だ。しかし、転送装置が高度に発達した脳に悪影響を与えて生存をおびやかすことが判明し、前者は開発対象から外れた。その生き残りがウウギーである。

ボボアダクの常として、ウウギーもかなり凶暴な肉食生物だったが、なぜか赴任してきたあたしたちには馴れた。あたしとユリリはウウギーに言葉を教え、知識を授けた。想像以上の知能を有していたウウギーは、あっという間に教わったことすべてを身につけ、人間と対等の存在となった。あたしたちはウウギーを参謀とした。これは大将軍認可による正式の地位だ。部下の戦士たちは驚いたが、誰も逆らえない。その命に従った。

「で、どうだったの？」

あたしはウウギーを見た。

「不可解だよ」

首を横に振り、ウウギーが言った。この声は人工音声だ。ウウギーは声帯を持たない。なので、言葉はくちばしの中に仕込んだ接触式入力装置で打ちこみ、それを音声変換している。よくできたシステムで、タイムラグはほとんどない。スピーカーが喉の近くに装着されているため、知らなければ、ウウギーが本当に人語をしゃべっているかのように錯覚する。

「正体よりもなによりも、まずどこからあらわれたのかが、まったくわかっていない」

ウウギーは言葉を継ぎ、翼を大きく横に広げた。

「可能性は、ひとつだけです」

バププロアが言った。かなり太めの小男だ。見栄えはひじょうによくない。短い髪に、二重顎。まだ若いのに、どういう食生活をしていたのだろう。科学者だから我慢するが、これが部下の戦士だったら、許さない。自己管理不行届罪で銃殺してしまう。

「ワープしてきたとでも言うの？」

「ええ」

ユリリの問いに、バブプロアはうなずいた。二重顎だから、すっごくわかりにくいけど。

「これをご覧ください」

バブプロアがあたしの前にあるデスクを指し示した。重力波の変動をあらわす3D映像が、天板の上に浮かびあがった。

「衛星軌道上に空間の歪みが生じています。一瞬ですが、尋常でないレベルで歪み、じょじょに減衰してきています。しかし、まだ完全に失せてはいません。おそらく、当分はこのままだと推測されます」

「ワープホールとはちょっと違ってるわね」

映像を覗きこむように見て、ユリリが言った。

「ここにワープホールが出現していたら、空間そのものがずたずたに裂け、ババラスカは砕け散っていたかもしれません。もちろん、〈ドビビータル〉も宇宙の塵と化していたことでしょう」

「でも、これってワープなんか比べものにならない高エネルギー現象よね」あたしが言った。

「なのに、そういう異常事態は起きていない」

「そこです」バププロアは、あたしをまっすぐに見た。

「そこが最大の謎で、いま現在、まったく解明できていません」

「さっきの宇宙船は、この歪みの中から飛びだしてきたってこと？」

ユリリが訊いた。

「観測は不可能でした。しかし、状況を見る限り、それ以外の選択肢はありません。証明するためのデータは皆無ですが、わたしは、そうだったと思っています」

「もしかして、新型のワープ装置なんじゃない」

「ありえますが、断定は無理です」

ユリリの言に、バププロアは首を横に振った。

「いま重要なのは、あの宇宙船がどこからどうやってここにきたのかってことより、飛来してきたことで何が起きたかってことかしら」

あたしが言った。

「着陸して、反乱軍と接触したわ」ユリリが3D映像を切り換えた。地上の実写映像になった。

「そして、ゴゴッタンを一撃で屠った。それは、記録とれてるでしょ？」

「とれています。怒りを示す脳波が最大値をしめした直後に絶命です。苦痛や恐怖の脳波はいっさいありません。ピークからいきなりゼロになりました。まさしく瞬殺されたのです」

「宇宙船は反乱軍を収容し、再び離陸した。そこを空軍のレットルヴィヴィア部隊が叩いた」ユリリが言葉をつづけた。

「でも、あっさりと負けちゃったのね。うちの空軍、軟弱ぅ」

「一撃はくわえましたよ。かすり傷だったかもしれませんが」

「そのあと、反乱軍のジャミングを食らったんでしょ」

あたしが言った。

「完璧でしたね」バブプロアは肩をすくめた。

「ナナーヤが構築したシステムだと思います。ワープ理論を応用して、わが軍の探査システムを無効化させています。光学的攪乱もおこない、熱も音波も遮断されました。だが、それだけではありません。あの宇宙船そのものが、なんらかの力によってステルス化されています。レーダーには反応しないし、熱源による観測も困難です。宇宙船がどこかに着陸したのは間違いありません。それは明らかです。しかし、どこに降りて、どこに収容されたのかは、いま現在何もわかっていません」

「やばいね。WWEにばれたら失点になっちゃうね」

ウウギーの人工音声が響いた。

「そう思うんなら、あんたがなんとかしてくれる」

ユリリが言った。

「できれば、そうしたい」ウウギーは翼をばさばさとはばたかせた。「だけど、いまの情報量じゃ俺でも無理だ。もうちょっとデータを集めてくれないとだめだね」

ウウギーは、大将軍相手でもため口である。あたしたちに敬意を払うなんて意識はかけらも持ち合わせていない。といって、見下しているわけでもない。主従関係は一応、承知している。だから、あたしたちに何か命令されたら、そのぶんの仕事はちゃんとこなす。知能が高くて、ちょっとだけ分別のある子供のような存在だ。

「とりあえず、ウウギーとバブプロアは宇宙船の所在を突きとめることに専念してちょうだい」あたしはシートから立ちあがった。

「反乱軍のほうは、地上派遣部隊をだして探索させる。効率は悪いけど、リモートセンシングよりは確実だと思う。ここにいる装甲歩兵すべてを動かすわ」

「すべてって、装甲歩兵は五百人しかいないわよ」

「うっさいわね」あたしはユリリを睨みつけた。

「そんだけいれば、なんとかなるわ」

〈ドビータル〉がからっぽになっちゃう」

「だーら、あによ」あたしの目の端が吊りあがった。

「反乱軍には、ここを襲うだけの装備もないし、兵隊もいない。いたとしても、あたしが平戦士たちを指揮して蹴散らす。どうってことないわ」

「聞いちゃった」ユリリがにっと笑った。

「楽しく見せていただくわ。蹴散らすところを」

ああ、こいつってば、本当にいやなやつ。

8

反乱軍のアジトに着いた。

予想以上に近かった。体感的には、カートに乗って標準時間で三十分弱ってとこかしら。五時間くらいはかかると思っていたから、ちょっと拍子抜けした。

反乱軍には一応、正式名称がある。

レオタタだ。ウジャジャータのババラスカ支部なんてややこしいのじゃなかった。

レオタタは、数十年前、WWEに対して反旗をひるがえし、すさまじい艦隊戦の末、宇宙に散った伝説の提督の名前である。この提督、WWEはすっごく嫌っているらしい。艦隊戦で、よほど痛い目を見たのね。

到着するなり、まずは食事をということになった。

といっても、レオタタ幹部の紹介を兼ねてのワーキングランチである。いや、ランチではないか。もしかして、ディナー？　それとも、朝食？

時間の概念が、完全にどっかに行ってしまった。いまが何時なのか、まったくわからない。とりあえず、あたしたちがこの世界にきてから標準時間でどれくらい経過したのかは知ることができる。

五時間半だ。

あら、短い。いろいろありすぎたので、もう百時間くらい過ぎたのかと思ってしまう。

でも、実際はそんなものだ。

アジトは真っ暗ではなかった。壁も天井の発光パネルで昼間同然の明るさというわけではないが、照明装置が通路のそこかしこに設置されていて、手探りでないと前進できないということはない。

ちょっと広めの部屋に通された。大きなテーブルがしつらえられていて、そこに椅子が二十脚ほど並んでいる。

トトガボに席に着くよううながされた。適当な椅子にユリと並んで腰を置くと、テーブルをはさんだ真向かいにトトガボが着席した。

十人ほどの男女があらわれた。全員があいている椅子に腰かけた。ナナーヤの姿がない。さっき、〈ラブリーエンゼル〉の解析データにアクセスできるようにしてあげたら、超興奮してどこかに消えてしまった。どうやら、自分の研究室にこもったらしい。トトガボが、そう言っていた。

食事はスープとクッキーだった。スープには、シリアルとおぼしきものが入っている。

「あちらにも、何か必要ですか？」

年配の男性がやってきて、あたしに訊いた。

あちらとは、部屋の隅で寝そべっているムギのことである。

「何も食べないわ」あたしは首を横に振った。

「ムギは絶対生物だから、何かを口にするってことがないの。ほっといて大丈夫よ」

「紹介しておきます」トトガボが言った。

「このアジトにいるレオタタの幹部たちです」

「幹部ってことは、ほかにもメンバーがいるのね？」

ユリが訊いた。

「ええ」トトガボが小さくあごを引いた。

「ババラスカの全域に散らばっています。いまここにいるのは、すぐに集まることができた八人だけです」

スープを飲んだ。クッキーも食べた。想像していたのと違って、ごくふつうの食べ物だった。

「異世界からこられたと聞きました」あたしの正面に腰かけた幹部のひとりが口をひらいた。

「本当ですか？」

「たぶん」

あたしが答えた。目の前の幹部は五十歳くらいのおっちゃんだ。顔の額から右頰にかけて、すごい傷痕がある。

「ノパパフと申します」

おっちゃんが名乗った。顔の傷はボボアダクに襲われたときのものだった。幹部たちの多くは、みなそんな傷をどこかに負っている。中には、腕や足を失っている人もいた。あたしたちの世界なら、復元手術やサイボーグ化などにより見た目ではほとんどわからないレベルに戻すことが可能だが、ここでは無理らしい。というか、この地下基地で応急処置以上の手当てができるかどうかも不明だ。かなり過酷な環境である。

「いま、ナナーヤがもとの世界への帰還に関して何かご協力できないか調べています」

トトガボが言った。

「帰られてしまうんですか？」がっかりしたような顔でノパパフが言った。

「せっかくお知り合いになることができたのに」

「帰りたいわよ」ユリが言った。

「ちょっとした事故に巻きこまれてきちゃったんだから」

「おふたりは、わたしたちを助けてくれた。帝国のレットルヴィヴィア部隊も瞬時に撃退し、上の連中に一泡吹かせた。これ以上、支援をお願いするわけにはいかない」トトガボはおっちゃんに向かって首を横に振った。

「むしろ、今度はわれわれがおふたりを支援する番です」

「にしても、本当にそっくりですわ」正面右手の女性幹部が口をひらいた。

「どう見ても、おかしな仮装をしたユリリとケイイです」

あによ、そのおかしな仮装って。

「悪気はないんですよ」トトガボがあわてて言った。

「ただ、そのお姿はあまりにも異様です。銀色は悪魔の色とされていて、身につけるものには、いっさい使用しないのです」

え、問題はデザインではなく、色だったの？

「じゃあ、あたしたちは悪魔の仮装をしている、敵の将軍に似た、超禍々しいペアだったってことなの？」

「しかも、凶暴な漆黒の猛獣をも従えていましたし」

ムギのことだ。そっかあと納得した。それなら、たしかにあの過剰ともいえる反応も不思議じゃないわね。そんなのにいきなりでくわしたら、あたしだってとりあえず撃つ。撃って殺しちゃってから正体を確認する。

「わかったぞ」

ドアがあき、ナナーヤが飛びこんできた。

ナナーヤは手に端末のディスプレイを持っていた。それを頭上にかざしてテーブルまで駆け寄り、あたしとユリの席のあいだに割って入った。

「多重空間の現況を確認した。これを見てくれ」

あたしたちの眼前にディスプレイを突きだす。

その画面を、あたしとユリは見た。

複雑な形状の図形がさまざまな色に彩られて、うねうねと蠢いている。この図形が何を意味するのかは、あたしにはまったくわからない。

「これは異空間同士を結ぶトンネルの模式図だ」ナナーヤは言う。

「きわめて細くなっているが、この世界とあんたたちの世界は、まだ確実につながっている」

「細いって、どれくらい？」

ユリが訊いた。

「一リリビアンくらいかな」

その単位、まったくわからない。翻訳装置も、未知の世界の単位換算まではやってくれない。

ディスプレイの模式図で確認した。

〇・一ミクロンってとこね。

「ほっそーい！」

ユリが叫ぶように言った。

「細くても、いま現在、この状態で安定している」ナナーヤはつづけた。「重要なのは、そこだ。安定している理由は紐づけにあると見た」

「紐づけ？」

あたしはナナーヤの顔に目を移した。

「生命体同士のつながりだ。前にも言った。あんたたちがハイパーリープするとき、俺たちの世界が選ばれたのは偶然じゃない。その場にいたあんたたち、そしてラーヤナ、その三人が紐づけされ、こっちの世界にいる分身たちとつながった」

「なんで生命体同士がつながるのよ？」

ユリが訊いた。

「ラーヤナは生体エネルギーが関係していると考えていたようだ。脳波や筋電流などの研究データが多数あった。ワープ航法は同一宇宙内での移動だが、ハイパーリープは異なる宇宙と宇宙とをつなぐ。その鍵となるのが、生体エネルギー。そういうことらしい。向こうの世界で、ラーヤナは自身のからだにコントローラーを密着させてなかったか？」

「着てたわ」あたしが答えた。

「何かケースでも背負っているみたいな、かっこ悪いワークスーツというか、スペースジャケットというか、そんなのを身につけてうろうろしていた」

「それだ」ナナーヤは大きくうなずいた。

「微弱な生体電流を制御し、それをハイパーリープの引き金に用いるとなれば、そういうコントローラーが必要になる」

「つまり、あたしとケイの生体エネルギーも扉がひらくってときに使われちゃったってことね」

ユリが言った。

「そう。それが結果として紐づけとなった。あんたたちやラーヤナの分身が極めて近い距離で存在している宇宙。そこがハイパーリープ先として選ばれた。その紐づけが持続しているあいだは、どれほど細くなってもトンネルは切れない。確実に存在し、なんらかのエネルギーがあらたに大量投入されることで、完成時のサイズに復帰する……はずだ」

「はず、なのね」

「すべては机上の理論」ナナーヤは肩をすくめ、両手を左右に広げた。

「何も実証されていないし、追試もおこなわれていない。データを超特急で解析して、こういうことだったのではないかと、俺が推測した。つまりは、ただの仮説だ。しかし、意外に自信はある。生体エネルギーが空間移動に関係している可能性は、転送装置を設計している際になんとなく感じていた。でないと、知的生物か否かで転送の成功率に変化がでることの説明がつかない。その理論を考察に応用できた」

「トトガボさんっ！」

また声が響いた。あたしの後方からだった。

9

そこにいた全員が、いっせいに首をめぐらした。

ドアがひらき、その前に若い男が立っている。

「どうした？」

トトガボが訊いた。

「敵襲です」男が言った。

「機甲歩兵部隊が降下してきます」

「地域と規模は？」

「ギャバババク山脈からカーオオン高地一帯です。確認された降下カプセルは、およそ五百」

「五百！」

トトガボの顔色が変わった。

「ギャバババク山脈からカーオオン高地一帯といったら、着陸前に撹乱工作をおこなったあたりだ」ナナーヤが言った。

「しかも、機甲歩兵が五百体ってことは……」

「本気でここを見つけだし、攻撃するという強い意志が感じられる」

「ああ」

トトガボとナナーヤが目と目を合わせた。

「状況的には、どうなの？　かなりやばいの？」

ふたりのあいだに、あたしが割って入った。

「私見だが」ナナーヤが言った。

「相当にやばい」

「われわれは、意図的に泳がされてきました」トトガボがつづけた。「転送装置の開発とボボアダクの品種改良に必要な道具だったからです。アジトが判明したら、ボボアダクを送りこんできますが、アジトそのものを積極的に捜索するということは、ほとんどなかった」

「でも、今回はちょっと違うって感じなのね」

ユリが言った。

「筋力増強装置（パワーアシスト）付きの甲冑で身を鎧った機甲歩兵五百体に地上で襲撃されたら、ひとたまりもない」ナナーヤがぎりっと奥歯を嚙み鳴らした。

「ここの設備は、衛星軌道上からのセンシングに対してそれなりの効果があげられるように構築した。逆に言えば、その程度のものでしかないってことだ。エネルギーの制限、機材の制限、人手も足りなかった。その条件の中でのベストが、これだ。上の連中が本気でかかってきたら、対抗するすべはもうどこにもない」

「要するに、こっちから打ってでないとだめって事態なんだ」

あたしが言った。

「だが、迎撃しようにも武器がない。戦力もない」

「うちらがやるわ」あたしは席から立ちあがった。

「ようやく一息つけるかと思ったけど、仕方ない。それに、やってみたいこともあるし」

「やってみたいこと？」

「あんたを連れて、〈ドビビータル〉に行くの」

「なに？」

ナナーヤの顔色が変わった。

「時空間トンネルよ。なんらかのエネルギーをあらたに大量投入できれば広げられるかもって言ってたじゃない」

「ああ」

「そんな高エネルギー、この星のどこにあるのかしら」

「それは……」

「〈ドビビータル〉だけでしょ。違う？」

「本気で言っているのか？」

「あたしはいつだって本気。ましてや自分の世界に帰れるかどうかって瀬戸際よ。なんだってするわ」

「ケイは、そういう性格なの」ユリがぼそっと言った。

「でなきゃ五百体の機甲歩兵相手に攻撃しかけようなんて絶対に考えない」

「宇宙船に戻られるんですか？」

トトガボが、あたしに向かって訊いた。

「ええ」あたしはうなずいた。

「理由は三つ。第一に、あんたたちのアジトが攻撃されるのを避けないといけない。第二に五百体の機甲歩兵ってのと白兵戦で渡り合うことはできない。第三に上空から攻撃部隊を叩いたら、向こうの帰還用シャトルを追うふりをして〈ドビビータル〉に向かうことができる」

「そうか」ナナーヤが言った。

「地上部隊を回収するシャトルは攻撃力が低い。装備しているのは、せいぜい小型のミサイル程度だ。数十機いたとしても、集中砲火を浴びることはない。だから、宇宙船で上空から敵を迎え撃つ。そして、〈ドビビータル〉に突入する」

「一緒にくるわよね？」

あたしはナナーヤの顔をまっすぐに見た。

「いいだろう」ナナーヤは小さく肩をすくめた。

「この状況だ。座して死を待つ選択肢はない」

「せっかく招待していただいたのに、悪いけど」あたしはトトガボに向き直った。

「〈ラブリーエンゼル〉まで送ってくれる？　特急で」

「わたしが行こう」ノパパフが腰をあげた。

「リーダーはここで指揮をとってくれ」

その直後だった。

すさまじい轟音が響き、部屋全体が震えるように揺れた。

壁にひびが入る。天井の一部が崩れ、瓦礫が降ってくる。

いあわせた全員がいっせいに動いた。身をかがめ、あっという間にテーブルの下へと
もぐりこんだ。

え？　あ？　なんなの？

あたしとユリが遅れた。わけがわからず、茫然とその場に立っている。

「がおん！」

ムギがきた。あたしとユリを背後からどついた。不意を衝かれ、あたしとユリはバラ
ンスを失って倒れた。テーブルの下にごろごろと転がった。

「攻撃です」トトガボが言った。

「おそらく、この真上で大型爆弾が炸裂しています」

攻撃？　真上？　ここって、秘密のアジトでしょ。それが、降下と同時に敵部隊に
発見され、ピンポイントで狙われたってこと？

「がうおおっ！」

ムギが咆える。あたしは視線をめぐらした。ムギはさっきまであたしたちがいた場所に立ち、頭上を見あげている。その周囲は瓦礫だらけだ。人間なら大怪我するか、へたすると死んじゃうような建材の崩落だが、ムギは意に介していない。平然としている。もちろん、かすり傷ひとつない。ただし、漆黒の体毛が常にない強い光沢を帯びている。

ムギ、怒ってるね。これは激怒だよ。さっきの二度目の咆哮は、その意志表明だ。こうなったときのムギは、マジにやばい。うかつに近づいたら、ひどい目に遭う。

どかーん！

また爆発音。これも近い。うねるように床が波打った。さらに壁が割れた。天井からも滝のように樹脂片が落ちてくる。

どどどどどっ！

めっちゃ崩れた。天井の半分くらいがこなごなに砕け、床に落ちて山になった。

「行ってください！」

トトガボがあたしたちに向かい、叫んだ。

「行くって、〈ラブリーエンゼル〉に？」

あたしは訊いた。

「そうです。ここは危険です」

「あんたたちはどうするのよ？」

今度はユリが訊いた。

「他のアジトに移動します。反撃したいのですが、それは無理です。撤退するしかありません」

「急ぎましょう」

ノパパフが言った。

どっかーーーん。

また炸裂音が耳をつんざいた。すさまじい攻撃だ。どうやら、本気でレオタタをつぶすつもりらしい。上の連中、完全に頭にきているね。

「がうあっ！」

ムギが咆え、あたしたちに目を向けた。

その目が何かを言っている。

すぐにわかった。

いいわよ。

あたしは小さくうなずいた。それで無言の会話が終わった。

黒い影が揺らいだ。

その直後。

ムギが消えた。

ジャンプしたのだ。天井にあいた大きな穴めがけて。

「どうしたんです？」

ノパパフが訊いた。

「むずむずしてきたのよ」あたしが答えた。

「そろそろ暴れたい時間帯。だから、しばらく好きにさせてくれってあたしに要求した」

「要求？」

「目を見れば一目瞭然なの」ユリが言った。

「うるうるまなこであたしたちを見つめていた」

「そうなんですか」

「じゃ、行くわよ」

あたしが言った。

「ついてきてください」

ノパパフがテーブルの下から飛びだした。それにあたしとユリとナナーヤがつづいた。

第三章 あんたがケイイで、こっちがユリリ？

1

早かった。

当然だ。危急存亡のときだもん。

あっという間に、あたしたちは〈ラブリーエンゼル〉へと戻った。ノパパフが操るカートは、モーター全開で走った。いろいろなものが乏しい反乱軍だ。カート一台であっても、壊れたらかなりまずい事態に陥るはずだが、ノパパフは、ためらうことなく速度をあげた。おかげで、さっきの半分くらいの時間で地下三百メートルの離着床に着いた。

カートが停まる。車体から煙がたなびき、きな臭いにおいが鼻をつく。モーターは絶命寸前って感じだ。

〈ラブリーエンゼル〉に乗船した。あたしとユリとナナーヤの三人だ。ノパパフはこない。息たえだえになっているカートを再整備し、反転させてアジトに帰る。

操縦室に入り、三人がそれぞれの席に着くやいなやナナーヤが言った。ナナーヤは小型の端末を手にして、そこに表示されるデータを真剣な表情で読んでいる。

「地下アジト、やばいの？」

あたしが訊いた。

「複数のアジトが一斉攻撃を浴びている。それも、ほぼ同じタイミングでだ」

「どういうこと」ユリの右頬が、小さく跳ねた。

「まさか情報が上に筒抜け？」

「可能性はある」ナナーヤはあごを引いた。

「でないと、この状況は理解できない。あまりにもピンポイントすぎる」

「でも、こっちにはきてないわ」あたしが言った。

「本来は人工生物の開発促進のために生かしておきたい流人たちを総攻撃するのは、あたしたちがきちゃったからでしょ。なのに、あたしたちがいるここには何も仕掛けてこない。内通者がいるのなら、真っ先に狙うのはあたしたちのはずよ」

「これは地下鉱床と地上をつなぐエレベータ用のトンネルだ。こういう穴は地表のそこかしこにあって、いまは進入口すらも定かではない。もちろん、生きているかどうかも不明だ。さすがに攻撃対象にすることはできなかったんだろう」

「ひどい有様だ」

「だといいけど」

あたしは操縦レバーを握った。

「発進するわよ」ナナーヤに目を向ける。

「蓋はちゃんとひらくんでしょうね」

「ここは大丈夫だ。いまセンサーのチェックもした。事故は、たぶん起きない」

「たぶんね」

メインエンジンに点火した。轟音と振動が響き、離着床のロックが外れた。

〈ラブリーエンゼル〉が上昇を開始する。

あとは一瞬だ。

一気にトンネルを突っきり、天空へと躍りでた。

真っ黒だったスクリーンがいきなり明るくなった。地上には森が広がり、それはあくまでも青い。

ああ、きれい。

などと言っている場合ではなかった。

警報が鳴り、画面上にアラート表示が重なった。

「囲まれてるぅ」

ユリが叫んだ。

「あらららら」

あたしの口が、ぽかんとあく。あたしたちもばっちりと。

マークされてたんだ。

てえことは。

「内通者、絶対にいるわね」あたしは言った。

「それも〈ラブリーエンゼル〉の格納場所を知っていたやつ」

「ありえない」

つぶやくように、ナナーヤが言った。

「もうどっちでもいいわ」ユリが言う。

「こうなっちゃったら」

「そうね」

あたしはうなずいた。

「で、どーすんの？」

「ムギは、いま何してる？」

あたしはユリに訊き返した。

「地上を駆けめぐっているわ」

ユリはメインスクリーンの映像を切り換えた。カラフルな幾何学模様が、画面全体に広がった。

　ムギから送られてきた情報データだ。電波電流を自在に操ることが可能なムギは、当然だけど、あたしたちに情報を送信することができる。ただし、文章や動画、静止画像で届くわけではない。ムギ自身の認識をそのままデータ化した抽象的な映像で発信される。それを専用のプログラムで解析すると、内容が判明する。とはいえ、それも一目で理解できちゃうようなものではない。ムギのことをよく知っているあたしたちだけが、その意味を読み解ける。この幾何学模様がそれだ。

「降下着陸した機甲歩兵をどんどん始末しているのね」

　あたしが言った。

「容赦なし」ユリがうなずく。

「手当たり次第に切り裂いている」

　ムギの爪は尋常ではない凶器だ。外洋宇宙船の外鈑に使われているKZ合金をも断ち切ることができる。

「じゃあ、あたしもガドフライでシャトルを根こそぎ片づけてくるわ」

　あたしはシートから立ちあがった。立ちあがって、ユリの肩をぽんと叩いた。

　その直後。

　あれがきた。

え、またなの？

最初に、そう思った。

あれは、そんなにしばしばくるものではない。なにせ、半端な能力なのだ。いつ起きるのかもわからない上に、一度きちゃうと、しばらくはどんなに危機的状況に陥っても、何も起きなくなる。

この前あれがきたのは、惑星ダバラットの軌道ステーション、キャピタルのドックで総督を追いかけようとしたときだ。それから、さほど時間は経っていない。

ただ、あのときといまでは、あたしたちのいる世界が違う。あたしたちはハイパーリープして、ラーヤナの言うミリアドにきてしまった。もしかして、そのせい？　世界が異なれば、超能力の時間的制約にも影響がでちゃうの？

ま、しかし、そんなことはどーでもいい。

とりあえず、あれがきたのなら、その映像をじっくりと見なくてはいけない。それが最優先事項だ。

………………。

映像が終わった。

あたしはシートの脇に立ち、ユリの左肩に右手を置いている。

「そういうことなのね」

ユリが首をめぐらし、あたしの顔を見た。

「そういうことよ」

あたしは小さくうなずいた。あたしもユリも、状況を完全に把握した。このあと、何をしなくてはいけないのかも、はっきりとわかった。

「あたし、降伏するわ」

ユリが言った。

「あたしもよ。アンヘルで外にでる。でもって、適当なシャトルに乗せてもらい、上に行く」

「あっちで待ち合わせってことになるのかしら」

「〈ラブリーエンゼル〉を破壊する気は、あいつらにない。素直に手を挙げたら、安全に上までエスコートしてくれるわ」

「おまえら、何を言ってるんだ？」

ナナーヤが口をはさんだ。

「いろいろ見えたのよ」あたしが答えた。

「だから、方針変更。でも、大丈夫よ。時間ないから説明は省くけど、それが最善策になるってことは、わかっている」

「…………」

「うちらにまかせなさいっ」

あたしは、操縦席から離れた。

格納庫に移動した。

〈ラブリーエンゼル〉は今回、ガドフライと呼ばれる戦闘機を一機、搭載してきた。そういうものが必要になる事態を想定してのことだ。攻撃機能を備えた単座の小型機で、機動性が高い。あたしはこれで敵のシャトルを攪乱し、全滅に追いこんでやろうと目論んでいたのだが、あれがきたので予定を変えた。

かわりにチョイスしたのは。

アンヘルである。

こいつは高性能のハンドジェットだ。小型のロケットエンジンと八基のサブノズルを備えていて、高速移動を得意とする。ただし、連続飛行時間は数十分程度と短い。短期決戦用のウェアラブル兵器だ。見た目は上半身だけのハードスーツに折り畳み式の翼がついているという感じ。重量はけっこうある。飛行中は気にならないが、これを着て歩くとなると、ちょっとした拷問レベルだ。あまりやりたくない。

アンヘルは格納庫の隅に吊るしてあった。オープン状態になっていて、腕を差し入れれば、自動的にセットされる。

大きく息を吸い、覚悟を決めてあたしはヘルメットをかぶり、アンヘルを着た。同時に格納庫のハッチをひらいた。まだアンヘルの重量は、あたしのからだにかかっていない。

足もとから風が吹きこんでくる。いまの高度はおそらく四千メートルくらい。気温は超マイナスのはずだが、それは全身を覆うポリマーコーティングがカバーしてくれる。

アンヘルを支えるロックが外れた。あたしの肩にずうんと質量がのしかかる。

あたしは床を蹴った。思いっきり、ひらいたハッチの向こう側へと身を投げた。

2

エンジンを点火。空中に躍りでた。

ヘルメットのシールドにさまざまな情報が浮かびあがった。

あたしは、あっという間に〈ラフリーエンゼル〉から離れていく。

とりあえず、急降下した。ムギを探した。ムギの居場所は、シールドに表示される情報でわかる。そして、そこが最大の激戦地で、シャトルもその近くに着陸している。

高度五百メートル。水平飛行に移った。直後にムギを見つけた。光点ではなく、ズーミングされた映像ではっきりと見ることができる。草原の真ん中だ。十体近くの機甲歩兵に囲まれている。倒れているとおぼしき機甲歩兵の姿もある。その数はざっと二十体。こりゃあ、派手にやっちゃってるね。囲んでいる連中、怒髪天か、腰引けまくりか、そのどっちかだ。

あたしはさらに高度を下げた。一気にムギのもとへと近づいた。

「ムギ！」あたしは通信機をオンにして呼びかけた。

「シャトルに乗る。手伝って！　機甲歩兵はほっといていいから」

「がおん」

即座に返答があった。

高度百メートルを切った。

ムギからデータが送られてくる。いちばん近くに着陸しているシャトルの位置データだ。前方およそ七キロ。ちょっとした丘のような場所で、てっぺんが平坦になっている。最初に〈ラブリーエンゼル〉が着陸したところと同じ地形だ。けっこう広いので、そこに二基のシャトルが着陸していた。ムギ情報だと、水平航行型のＶＴＯＬらしい。ムギってば、すでにそこまで調査ずみだったんだ。さすがは用意周到な超生物。ぬかりがないわね。

シャトルが見えた。シールドスクリーンに映像が入った。

「こいつにする」

　あたしはいちばん手前の機体を見据え、つぶやいた。このシャトルがいちばんでかい。サイズ的には、シャトルというよりも外洋宇宙船だ。でかい船には、指揮官が乗っていることが多い。あたしの作戦としては、乗りこんだ船にえらいやつがいてほしい。そのほうが面倒がない。たぶん、話がトントン拍子で進む。

「一気に行くわ」あたしは言葉をつづけた。

「どこでもいいから、ハッチをあけて。でも、壊しちゃだめよ」

　ムギから返事がきた。スクリーンで色彩パターンが揺れた。あたしはこれを「みぎゃっ」と解釈した。意味は「了解」だ。

　あたしはシャトルに向かって突き進む。黒い影がシャトルの周囲にあらわれた。

　機甲歩兵だ。当たり前だけど、あたしはとっくに発見されている。動静も察知され、四方に散っていた機甲歩兵の群れの一部がいっせいにシャトルの周囲へと集まってきた。

　あたしを迎え撃つ。

　というつもりでかれらは集まったのだろうが、そうはいかない。

　ムギがいるからだ。地上を這い、ときにはジャンプし、岩塊と岩塊のあいだをすり抜けながら超高速で移動するムギを捕捉して追跡するのは不可能だ。肉眼では見えない。レーダーでも追えない。

　あたしの真正面にいた機甲歩兵が、吹き飛ぶように消えた。ムギの一撃を食らったらしい。らしいっていうのは、その攻撃が、あたしの目にも映らなかったため。ムギ、速すぎるよ。

あたしの行手をさえぎるものが、すべて失せた。シャトルは、ただもう無防備。あたしを迎撃しようってやつは、どこにもいない。

で、ハッチはどこ？　どこなのよ？　ムギぃ。

ひらいた。上面ハッチだ。たぶん、宇宙空間での船外作業用。直径一メートルくらいのちっさいハッチ。

そこかよっ。

ちょっと上昇した。シャトルの真上に向かった。

ハッチの位置をフィックス。オートパイロットでシンクロさせ、両腕を頭上に突きだした。

アンヘルを切り離す。爆発ボルトで背中から弾き飛ばした。腰の予備ノズルだけ残した。

落下する。垂直に落ちる。

ハッチをくぐった。同時に、予備ノズルを下向きに噴射。

制動がかかった。減速して、ふわっと着地。

予備ノズルを捨て、あたしはホルスターからレイガンを抜いた。

「ぎゃおん！」

ハッチからムギも飛びこんできた。あたしの背後に舞い降り、身構えた。

降りたところは通路だった。

わらわらわら。

戦士があらわれた。機甲歩兵ではないが、甲冑みたいな野暮ったい戦闘服を着て、武器を手にしている。人数は、あたしの前に三人、うしろに四人。

「はいはいはいはい」

あたしはレイガンを足もとに投げ、両手を挙げた。

「こーさんよ。撃たないで」

「………………」

反応がない。戦士たちは微動だにせず、銃口をあたしの頭部に向けている。

「がるるるる」

ムギがうなった。殺気をこめた、低い声だ。

あっ、そっか。

「怖がんなくて、いいわ」あたしは言った。

「ムギはとてつもなく強いけど、あたしが降伏している限り、自分からは攻撃しない。あたしの安全さえ確保してくれたら、あんたたちの安全も保証される」

足音が響いた。

甲高い足音だ。ヒールが床を打つ硬い音。

「どうした？　捕らえたのか？」

声が聞こえた。太く猛々しい、男の声だった。あたしの前に立っていた三人の戦士が通路の脇に身を寄せ、道をあけた。

誰かがくる。あたしに向かい、ゆっくりと進んでくる。

顔が見えた。ふたりだ。前に立っているのが若い女。その背後にいるのが、巨漢の戦士だ。声を張りあげたのは、こっちのほうらしい。名前はジャババーガ（あとで聞いた。地上部隊の指揮官だった）。そうか。ここでジャババーガに出会うのか。でも……。

まさか、この女まできているとは思わなかった。

「捕まえる必要なんてないのよ」ふたりに向かって胸を張り、あたしは言った。

「もう降伏しているんだから」

「ケイイ」

〝まさか〟の女がつぶやいた。

ユリリだ。そう。彼女こそ、こっちの世界のユリである。表情が固い。なんとなくこわばっている。理由は簡単。あたしを見たからだ。それで、愕然としている。

正直言うと、あたしもちょっとだけ驚いていた。トトガボやナナーヤから話を聞いていてよかったよ。でなかったら、ユリリ同様、びっくりして言葉を失っていた。

だって、あきれるくらいそっくりなんだもん。

さすがに、ここまでとは思わなかった。長い黒髪に白い肌。違うのは服装だけ。いや、服装も、ださいという点ではまったく同じだ。なんたって黄金色の甲冑である。B級の史劇かよ。

「あんた、ケイイじゃないわね」

ようやくユリリが口をひらいた。

「ええ、そうよ」あたしが答えた。

「当然だけど、あんたもユリじゃない」

「誰なの？　変装？　だとしたら、ずいぶんださいんだけど」

ユリリがほざいた。こらこらこら。見た目がユリで金色甲冑のおまえにださいと言われたくないっ。

「誰だか知りたい？」

あたしは訊いた。

「ふっ」ユリリが鼻先で笑った。

「そんなことどーでもいいわ。聞きだす手なんか、いくらでもあるんだから」

「言ってくれるわね」あたしもにっと笑った。

「その態度、ぜんぜんユリっぽくない。でも、そういうの、やめたほうがいいわ。さっきも言ったけど、ムギはとてつもなく強いの。それを船内に入れてしまった時点で、あんたたちの勝ちは消えた。がんばっても引き分け。へたすると惨敗よ。あたしが降伏したのは、お情けのようなものね」

「…………」

ユリリが無言であたしを睨みつけた。言い返せない。彼女がここにいたのなら、ムギが機甲歩兵相手に何をしたのかはわかっている。ご自慢の機甲歩兵は手も足もでなかった。あっという間に蹴散らされた。

「だからあ」あたしはつづけた。

「あたしたちとレオタタに対する攻撃を、ここでやめてくれればいいの。そうすれば、ムギもおとなしくなる。素直に連行されるわ」

「そんなこと、できるか！」

ジャババーガが鼻の穴を広げて、声を張りあげた。

「そっちの部隊の被害状況、知ってるでしょ？」あたしはユリリを見た。

「兵力の半分くらい失ったんじゃない。ムギ一頭にやられて」

「半数を失ったのではない」怒鳴るように、ジャババーガが言った。

「まだ半数が残っている」

「やめなさい。そんな強弁。でないと、上に戻ったとき、あんた指揮官として責任とらされちゃうわよ」

「………」

ジャバババーガは黙った。

「こいつの言うとおりだぜ」

あらたな声が、あたしの耳に届いた。すごく通るみごとなバリトンで、ちょっとつくりものみたいな声だった。

3

ばさばさばさという羽音が、けたたましく響いた。

顔面だけ異様に白い、全身黒くてでかい鳥が、空中を舞ってきた。うん、間違いなく鳥だ。くちばしがやけに鋭い。いわゆる猛禽類ってやつだね。

羽をたたみ、鳥はユリリの肩に降りた。鋭い爪がユリリの肩に食いこむように見えるが、ユリリは気にしない。黄金甲冑、見た目はべつとして、すごく頑丈らしい。

「よお」

あたしに視線を据え、鳥が言った。

え？

鳥が口きくの？

「俺はウウギーっていうんだ」鳥は言を継いだ。

「そっちの名前は？」

「ケイ」

「へー。名前まで似てやがる」

ウウギーは羽毛に覆われた太い首をくるくると左右にまわした。

「うしろの黒いのは、なんていうの？」

今度は、ユリリが訊いた。

「ムギよ」

「ケイにムギか」

「ついでに言っとくけど、相方はユリ。がさつな、のーてんきぶりっ子よ」

「なんか悪意があるわね」

ユリリが苦笑した。どうやら、自分もケイイに同じような扱いを受けているらしい。

「ムギは電波、電流を自在に操れるんだな」

ウウギーが言った。

YAS.

「わかるの？」

「ああ。こいつのイメージが俺の頭ん中に流れこんでくる」

「あんた、ムギの思考を読みとれるのね」

「そうみたいだ」

「すごいわ」

「そんなことより」ウウギーは話題を変えた。

「降伏した理由を知りたい。教えろ。ここにあっさりと侵入できたやつが、なぜ戦いを避ける？」

「帰りたいからよ」

「帰りたい？」

「詳しい話は、あとでじっくりするわ。まずは降伏を受け入れてくれない？　あたしたちのお船に乗っているユリも、そっちが攻撃をやめるのなら、抵抗はしない。上まで一緒についていく」

「そうねえ」

あごに指を立て、ユリリが少し考えるそぶりを見せた。

「いーわよ」二秒後にうなずいた。

「ゲスト扱いにしちゃう。ケイイがぶうたれるかもしれないけど、それはきっとウウギーがなんとかしてくれるわ」

「俺かよっ」

猛禽が肩をすくめるように羽を広げた。

「ケイイは、あんたに甘いから」

「閣下！」

蚊帳の外に置かれていたジャババーガがうなるように叫んだ。どーやら、いらついているらしい。自分たちのボスが敵となれ合っているのが気に入らないのだろう。

「あー、うっさい」ユリリがわざとらしく顔をしかめた。

「もう決めたの。黙って従ってくれる？」

部隊の指揮官を睨んだ。当然だけど、大将軍は指揮官の上官だ。

「…………」

ジャババーガは黙った。唇を噛み、肩を少し震わせている。やれやれ、本気でむくれちゃったよ。

「じゃ、こっちへきて」

ユリリがあごをしゃくった。

あたしとムギは、シャトルの操縦室に通された。

ユリリの言う「ゲスト扱い」というのは嘘ではなかった。なんと、レイガンまで返してくれた。てーことは、あたしの降伏が嘘っぱちで、なんか企んでいるってこともばれてるな。たぶん、うちらの正体に興味を持っているのだろう。当ったり前だよね。顔も名前もそっくりで、自分たち以上の科学力を有しているらしい得体の知れないやつ。そんなのがとつぜんあらわれたら、あたしもまず話をじっくり聞こうと考える。ゲストとして遇するかどうかはべつとして。

「閣下！」

コンソールに三人の戦士が着いていた。真ん中の戦士が操縦士だろう。操縦レバーのようなものを握っている。かれの右隣がおそらく通信士だ。その戦士が振り返ってユリを呼んだ。

「なんなのよぉ」

ユリが言う。彼女は操縦席の背後にあるソファみたいなシートに腰を置いている。バックレストをリクライニングさせ、いかにもふんぞり返っているという感じだ。顔だけでなく、性格もユリそのものみたい。

「不明宇宙船が投降してきました。例の赤い船です。攻撃するなと言っているそうです。いかがいたしましょう？」

「なるほどぉ」

ユリリがにやっと笑った。

「そーいうことか」あたしをちらりと横目で見る。

「攻撃やめたら抵抗しないってどころじゃないわね。いきなりギブアップだなんて、あんたたち、すごくおもしろいことを考えているみたい」

　ああ、そーよ。考えてるわよ。

「閣下、油断はなりません」

　ジャババーガが言った。こいつ、あたしの横に立っている。監視役のつもりなんだろう。いまだに殺気立っていて、表情も険しい。

「そんなこと、わかってる」ユリリが言った。

「こっちも、それを前提に対処すればいいだけのことよ」

「しかし……」

「あんた、いますぐ二番艦の〈ホホポル〉に移りなさい。そこで、全部隊の撤退指揮をとるの。でもって、投降してきた赤い宇宙船を〈ドビビータル〉まで連れてって」

「撤退して敵船を〈ドビビータル〉に」

　ジャババーガの頬がぷるぷると震えた。

「あたしはこの捕虜を連れて、オヘロロに入る。じっくり尋問してやるわ」

「捕虜なの？　あたし」

　目を丸く見ひらき、あたしはユリリを見た。

「当然、そーなるでしょ。付き合ってもらうわ。拒否は許さない」

「しないわ。拒否なんて」

「ジャバーガ！」ユリリの声が高くなった。

「さっさと行きなさい」

「承知しました」

ジャババーガがあごを小さく引いた。目じりがちょっと吊りあがっている。しかし、指揮官は敬礼してきびすを返し、操縦室から去っていった。

シートを回転させ、ユリリが向きを変えた。

「オスロロまで飛んで」

あごをしゃくって言った。

「はっ」

操縦士が応じ、レバーを操作した。エンジンに火が入った。シャトルが地上から離れた。

このシャトル、予想どおり旗艦だった。艦名は〈ウブブダ〉。旗艦だったので、指揮官や将軍が乗っていた。でかいというだけで選んだんだけど、大正解である。おかげで大きく事態が動いた。

「オスロロってなに？」

あたしはユリリに訊いた。

「バラスカの地上基地よ」ユリリはあっさりと答えた。

「まあ、地下にあるんだけど」

地下にある地上基地。ややこしいわ、それ。

成層圏をどぴゅーんと飛んで、〈ウブブダ〉は降下を開始した。スクリーンに山岳地帯の映像が広がった。岩山だ。極地のあたりみたいで、地表が白い。雪か氷に覆われているようだ。

「寒そうなとこ」

「いま現在、地表は零下四十二度よ。でも、関係ないわ。外にでないんだから」

ユリリは横目でちらっとあたしを見た。なるほど、この環境はそれ自体がひとつの要害ってことね。レオタタの貧弱な装備で、ここで白兵戦をやるなんてのは不可能だ。潜入を試みても、ほぼ間違いなく途中で行き倒れる。

オスロロの入口は、谷底にあった。左右を高山にはさまれた深い峡谷だ。氷原がスライドしてひらき、その中へと〈ウブブダ〉の船体が沈んだ。

「着いたわ」ユリリが言った。

「ここで、じっくりとお話ししましょ」

薄く微笑んだ。

ああ、このいやらしさ。

本当にユリだよ。こいつってば。

4

呼び出し音が鳴った。管制室からだ。異例である。よほどのことがない限り、大将軍の執務室に直接コンタクトしてくることはない。だから、これはたぶん、よほどのことなんだろう。そうでなかったら、比喩でもなんでもなく首が飛ぶ。あたしはやっちゃう。でないと、ババラスカ征服大将軍としての権威が保てない。

「なにかしら？」

あたしは答えた。

「謎の宇宙船が投降を申し出ています」

「！」

あたしの眉が、小さく跳ねた。なるほど。これは命を懸けて報告してくる事例ね。

「間違いなく、あの宇宙船なのか？」

あたしは訊いた。

「パイロットが異世界からきたと言い張っています」

「異世界……」

「しかも、大将軍閣下に会わせろとも」

「ほお」

「撃墜はできます。すでに照準固定は終わっています」

「乗員数は確認したか？」

「いま現在はひとりだけと主張しています」

「いーわよ」

「は？」

「ドッキングを許可して、パイロットをここに連れてきなさい。拘束はしなくてもいいわ。でも、係留したら、すぐに宇宙船の中を徹底的に捜索すること。塵ひとつ見逃さないようにして」

「はっ」

報告が終わった。

あたしはテーブルに向き直った。いまはシャワーを浴びたあとのお茶の時間である。

素肌の上にバスローブを羽織り、椅子に腰かけてゆっくりとハーブティを味わっていた。

ようやくひとりになれたのだ。

小うるさいユリリとウギーは地上に追い払った。

掃討部隊の派遣を決めた直後だ。あることを思いつき、そうすることにした。しかし、ユリリのこの一言もそのきっかけになった。

「楽しく見せていただくわ。蹴散らすところを」

これで、あたしはほんのちょっとむかついた。

そんな見物、あたしは許さない。

「方針変更」ユリリに向かい、あたしは言った。

「謎の宇宙船の捜索、地上でやってちょうだい。あんたとウギーとで」

「はあ？」

ユリリが目を剝いた。

「とっとと行って。ぐずぐずしてたら、時間の無駄。どうしてそうなるのかは、わかるでしょ」

「んもう」

ユリリはぶんむくれた。けど、拒否はできない。あたしとユリリは大将軍としては同格である。だが、神皇陛下が任官の際にあたしの名前を先に挙げた。その順番にとくに意味はなかったのだが、先に名前が呼ばれたら、たとえ階級が同じでも呼ばれたものが先任者となる。これがWWEの慣例だ。でないと、指揮系統に齟齬（そご）が生じる。この慣例は絶対のもので無視することはできない。先任のあたしがこうすると言ったら、まずそれが命令として優先されるのだ。

というわけで、ユリリはシャトルで地上へと降りた。あたしは嫌みな相棒をうまうまと排除し、かつ重大事態に備えて手を打つことができた上で、優雅なひとりだけの時間を手に入れた。

……はずだった。

はずだったが、その貴重なひとときは瞬時に破られてしまった。

まさか、ユリリに捜索を命じた宇宙船が、あっちのほうからここにきちゃうなんて。

これについては、超予想外である。

どうしてくれようかだ。いつもだったら、不審者は有無を言わさずボボアダクの餌にしてしまう。でも、異世界からきたなんてほざいているとなると、そうもいかない。嘘だろうがなんだろうが、とりあえず尋問する必要がある。

あたしはハーブティを飲み終え、バスローブを脱いで服を着替えた。

大将軍の威厳は常に保たれなければならない。四六時中、大将軍専用に神皇陛下から下賜された黄金色の甲冑を身につけ、武器を腰に帯びる。無防備な裸を見せるなんて、とんでもない。そりゃたしかに抜群のプロポーションだし、美貌はＷＷＥに並ぶものなしだけど、そんなの相手がだれでもごめんよ。ありえないったら、ありえない。

ノックの音が響いた。まさしく、あたしが着替えを終えたそのときだった。

ロックを解除した。ドアがひらいた。

「ナシャシャロ、投降者を連れてまいりました」

将校がひとり、通路に立っていた。その背後に、女がいる。さらにそのうしろには数人の平戦士が控えている。

「入れ」

あたしは短く言った。

「はっ」

ナシャシャロと女、ふたりが執務室に進んだ。

あたしは女の顔を見た。

息が詰まった。

こ、こいつは。

まずい。大将軍がうろたえるなど、許されることではない。権威にかかわる。

動揺をむりやり抑えこみ、あたしは平静を装った。

「おまえはもういい」低い声で、あたしは言葉をつづけた。

「ナシャシャロ、さがれ」

「はっ」

将校は敬礼し、きびすを返した。

ドアが閉じて、あたしと投降者の女、ふたりきりになった。

「名は？」

あたしは女に訊いた。

「ユリよ」

能天気極まりない、間延びした答えが返ってきた。

ユリ。

名前まで酷似している。

しかし、なんということだろう。あたしはまじまじとユリの顔を見た。

細部はほんの少し異なっている。髪型とか、衣服とか、アクセサリーとか。

だが、それ以外はそっくりだ。彼女がユリリと名乗ったとしても、あたしは信じた。

いや、あたしだけではない。この〈ドビビータル〉にいるものすべてがそう思う。こいつはユリリだと。

「異世界からきたと言っているらしいな」

「そーよ。とんでもない話だけど」

「鵜呑みにすると思うか？」

「するしかないわ。だって、事実だから」

「さっき、おまえがこの部屋にくる直前にデータが届いた」あたしとユリのあいだに映像が浮かんだ。

「おまえの船だ。ありえないテクノロジーで建造されている。これは、おまえの言う異世界の技術か？」

「そうよー」

ユリの口調は軽い。この軽いは、軽薄という意味だ。見た目だけではなく、中身もユリリそのままである。まさか、ユリリが変装しているんじゃないだろうな。

「乗員は、たしかにおまえひとりだった」あたしは言葉をつづけた。

「しかし、どうやっても立ち入ることができなかった空間もある」

「どこかしら？」

ユリは小首をかしげた。ああ、このしぐさ、めっちゃいらつく。

「ここだ」

あたしは映像の一角を指差した。

「あ、それメディカルルーム」ユリはあっさりと答えた。

「そこに、ひとりぶちこんでいるの。ハイパーリープの装置を完成させた、ラーヤナっていうアホ科学者。おかげでこんなとこにきちゃったんだけど、あいつ、あんたがたの攻撃で負傷して意識不明なの。だから、どうやってももとの世界に帰ることができない」

「ラーヤナ？」

あたしの頬がちょっとだけ跳ねた。科学者のその名前、いやな予感がする。

「そう。信じてくれる？　全部、事実だから」

信じるしかない。

ユリリからの報告が少し前に届いた。

地上に、あたしそっくりのやつがいるという。名前はケイ。そいつは、いまユリリが尋問しているはずだ。その報告を見て、あたしは「またボケたことを」と思った。思ったが、それは違った。よかったよ。「ざけんな！」と一喝しなくて。

「ねえ」ユリが言った。

「ここ、物質転送装置の研究所があるんでしょ。そこにいる科学者、ここに呼んでくれない」

「どういうこと？」

「ハイパーリープの装置をなんとかしてほしいの。データは、みんな提供する。うまくいけば、そっちは物質転送装置を完成させられる。あたしたちはもとの世界に帰れる。いいことばっかりよ」

いいことばっかりねえ。

あたしはふんと鼻を鳴らした。ずいぶんと吹いてくれるわ。このユリってやつ。でも、嘘八百を並べ立てているって感じはしない。

「わあったわ」あたしはうなずいた。

「信じたげる。あんたの与太話」

5

バブプロアがきた。

見るからに暑っ苦しいデブの主任研究員だ。当然だが、いまも暑っ苦しい。しかし、こいつ以上に新兵器開発プロジェクトに詳しいやつはいない。あとは、こっから逃げだしたナナーヤだけだ。

ユリがバブプロアが持参した端末にデータを移した。転送にてこずるかと思ったら、なんか簡単に終わった。たぶん下で小細工してきたのだろう。でなきゃ、異世界からきたって言っているのが大法螺(おおぼら)か、そのどっちかだ。

バブプロアがデータを精査しているとき、ジャババーガから通信が入った。ユリリにくっついていった掃討部隊の指揮官だ。しかし、このジャババーガ、むちゃくちゃ機嫌が悪い。いまだにユリリ慣れしていないのだ。気まま。好き勝手。やりたい放題。てきと一。……というのがユリリの本性である。たぶん、下でジャババーガはその直撃を食らったのだろう。

掃討作戦は失敗だった。その責任のすべてをジャババーガはユリリのせいだと言いきった。敵は新兵器を有していた。ユリリは、その新兵器の威力を見誤ったとか、なんとか。ほざいてくれるじゃない。たぶん、そのとおりだと思うけど、一介の指揮官が大将軍を批判するなんて許されることではない。かなりの覚悟が要る。

「いいわよ」と、あたしは鷹揚な口調でジャババーガに応えた。

「詳しいことは、直接聞く。ステーションに戻ったら、まっすぐあたしのとこにきなさい。言いたいこと、ぜーんぶ言わせてあげるわ」

わかりましたと答え、ジャババーガは通信を切った。

その直後。

「これは、すごい！」

バブプロアが叫んだ。

端末に向かって目を丸く広げ、ふくらんだ頰をひどく紅潮させている。

完璧な興奮状態だ。

「どういうこと？」

あたしが訊いた。

「こいつは本物だ。……いや、本物です」うわずった声で、バププロアは答えた。「フェイクデータとか、そういうものではありません。ざっと見ただけでも、それがわかります。なんとかなるかどうかは、細部まで解析をしないとはっきりしませんが、使いものになる可能性は十分にあります」

「解析が終わったら、どれくらいで装置を完成させられるのかしら？」

ユリが訊いた。

「即答は無理です」

バププロアが首を横に振った。あ、こいつ、ユリをユリリだと思っている。仕方ないけど、服装とか、髪型とかがけっこう違っているってことに気づけよ。

「研究室に戻って解析しながら転送装置の改造をやってみます」バププロアは言葉をつづけた。

「うまくいけば、それでなんとかなるかもしれません」

「いいわ」あたしが言った。

「時間をあげる。ただし、少しだけ。あたしの性格は知っているでしょ」

「もちろんです」バププロアの顔、さらに赤くなった。

「すぐはじめます。徹夜でがんばります」

一礼し、体をひるがえした。転がるようにドアをくぐり、姿を消した。

また、あたしとユリのふたりだけになった。

「ほかに何か、望みはある？」

あたしはユリに向き直った。

「ごはん、食べたい」

ユリはさらっと言った。

「食べ物ね」あたしはうなずいた。

「オッケイよ。でも、本格的な食事は提供できない。ここに常備してある軍用携行食で我慢してちょうだい」

「えーーーーっ」

ユリはあからさまにぶんむくれた。ああ、なんてー不快な女なんだ。まさしくユリリだよ。

携行食を渡した。大将軍用のそれだ。一応、それなりの量があり、ちゃんと調理もなされている。側面のボタンを押せば、容器ごと温めることも可能だ。

ユリは、めっちゃいやそうに携行食を食べはじめた。しかし、その表情がすぐに変わった。

「あら」目を丸くする。

「これ、意外にいけるわね」

あっという間に食べきった。あたしは飲み物も提供した。

どう扱えばいいか、見えてきた。ていうか、本当にこいつはユリリそのものである。

つまりは、ユリリを扱うように扱えばいいのだ。

「ナナーヤには会ったかしら？」

あたしは訊いた。

「ナナーヤ？　誰？」

ユリはおもてをあげ、きょとんとした表情であたしを見た。

「とぼけなくてもいいわ」あたしは小さく肩をすくめて言った。

「それでどーのこーのってことはないの」

「…………」

「いまでてった男、ナナーヤの後任よ。バププロアってやつ。でも、科学者としての能力はからっきし。ナナーヤの足もとにも及ばないわ」

「へえ」ユリは小さく肩をそびやかした。

「ナナーヤってラーヤナよりちょっとマシだと思ってたけど、マシどころか、かなりできるやつだったのね」

「ラーヤナというのが、異世界におけるナナーヤか？」

「たぶん」ユリは小さくうなずいた。

「こっちの世界とあっちの世界はある意味つながっていて、生命体同士が紐づけられている可能性があるんだって」

「興味深い話だ」

「ラーヤナの妄想だか空想だかだと思っていたけど、なんか、すごく当たっているみたい」

「バププロアは腹に一物持っている。いえ、バププロアだけじゃないわ。それはジャババーガも同じ」

「どういうこと？」

ユリが、あたしの顔をまっすぐ見た。

「あんたたち、妖力を持ってる？」

あたしは問いを返した。

「妖力ぅ？」

「ふつーの人間が持ってない能力よ。そっちじゃ違う名称なのかしら。あんたが本当に異世界からきててユリリに紐づけられているというのなら、何か妖力を持っていると思うんだけど」

「超能力のことね。わかるわ。……ってことは、ケイイとユリリは妖力を持ってるんだ」

「予知夢を見る。たまーにね」

「予知夢かあ」

「寝てるとき、すごく現実感のある夢を見ることがある。同じ夢をユリリも見ている。そういう夢での出来事は、必ず現実でも起きる。だから、あたしたちは未来を知ることができた」

「もしかして、大将軍になれたのはその妖力のおかげ？」

「そうよ。これをフルに使って手柄をあげまくり、この地位に駆けあがってきた」

「いいなあ」ユリが言った。

「あたしたちが持っているのはクレアボワイヤンス。千里眼能力ね。でも、これがちょっといい加減なの。ピンチになったりすると、ケイとふたり、とつぜんトランス状態に陥っていろんな映像が浮かんでくる。その映像、やたらととりとめがなくて、はっきりしないの。おぼろげに、こんなことがまもなく起きるかなって感じ。それでも一応、事件解決の役には立つけど、解決させても出世にはつながらない。ボーナスももらえない。休暇すらくれない」

「数日前、また予知夢を見たわ」ぼやきつづけるユリを無視して、あたしは言葉をつづけた。

「ここで反乱が起きる夢。首謀者はジャババーガ。協力者はバププロア。ほとんどの戦士がジャバーガにつき、あたしたちは狩られ、追いつめられていく」

「ケイイって嫌われ者？」

「あたしたちに対して戦士たちが不満を持っていることはわかっていたわ。妖力ひとつで成りあがってきた美しいだけが取柄の女大将軍。反感を買うはずね」

「自分で、それ言うか」

「だけど、反乱には至らないと思っていた。戦士たちのＷＷＥへの忠誠心は絶対だから。神皇によって任命された大将軍に歯向かうのは、ＷＷＥに歯向かうのも同然。何があろうと、武力行使だけはしない。そう信じていた」

「でも、結局しちゃうのね」

「予知夢が外れることはない。反乱は、確実に起きるわ。あたしたちを大軍勢が襲う。こっちは四人しかいない」

「四人？」

「そうなのよ。なぜか、あたしとユリリのほかに仲間がもうふたりいるのよ。シルエットでしか見えなかったけど、どっかで見たような雰囲気の女戦士がもうふたり」

「ひょっとして、うちら？」

「ほかに、誰かいる？」

「いません」

ユリは首を横に振った。

6

ポーンという甲高い音が鳴った。

「動きだしたわね」

あたしが言った。

「え？」

ユリがきょとんとした表情になった。

「ジャバーガよ」

あたしは空中で右手を軽く振った。

「………多きことながら、閣下にご報告せざるをえません」

「かまわん。それもわしが与えた使命のひとつだ」

声が陰々と響いた。

男ふたりのやりとりだ。

「なにこれ？」

　ユリが問う。

「超空間通信」あたしが答えた。

「ジャババーガがわれらの母星ネリンククーザと交信をはじめたの」

「盗聴してるんだ」

「そうよお」あたしは胸を張った。

「ジャババーガが将軍に申請せず、勝手に母星と交信するっていうのは、重大な規律違反だから」

「ていうことは、交信することがわかっていた」

「はじめてじゃないわ。何度もやっている。そのことに気づいたのは、ついこの間だけど」

「相手は誰？」

「神皇側近のひとり、猛将タララキアン。ババラスカの征服大将軍になるはずだった戦士」

「なるはずだった」

「神皇が最終的に選んだのは、あたしとユリリだったってこと」

「そーいうことなのね」

「あたしたちが上に立つことに不満をいだいている連中が接触する大物戦士。とーぜん、向こうもあたしたちに深い恨みを持っている。そんなやつ、すぐに身許が割れるわ」

「……そうか。正体不明の侵入者がきて、レオタタと手を結んだか」

タララキアンが言う。

「侵入者は女ふたりと謎の生物です。この生物が異様に強く、わが軍の精鋭がつぎつぎと倒されました」

「女ふたり」

「驚いたことに、そいつらの外見がケイイとユリリに瓜ふたつ」

「ほお」

「血縁者か、もしくはなんらかの工作か。いずれにせよ、WWEに対する叛逆行為として訴えれば、神皇もお認めになられることでしょう」

「おもしろい」タララキアンは乾いた声で笑った。

「では、すぐに大将軍を拘束しろ。叛逆罪はその証拠さえあれば、一介の平戦士であっても上官の糾弾が許されている。実力行使も、罪にはならない。いや、それどころか、忠誠心あふれた英雄的行為となり、称賛される。巧みに事を運ぶことで、上級将校のおまえはおそらく二階級特進だ。部隊の指揮官から即座に一軍の将となるのも夢ではない」

「身に余る光栄です」

「捕縛の際は、あれを使え。許す。そのために、そちらに送っておいたのだ」

「よろしいのですね」

「もちろんだ。そして、捕らえたら、急ぎケイイとユリリをネリンククーザに送還しろ。あとは、わしがやる。失脚させ、極刑に追いこむ」

「裸に剝いて、八つ裂きがふさわしいかと」

「いい見世物になるな」

「さっそく全戦士に命令を発します。あのふたりに従う者など、ババラスカにはひとりもいません。すべてがわたし直属の配下です。着任当初からケイイとユリリは信を失っていたのです」

「ひどい言われようね」

ユリが言った。

「天才は理解されない。しかも、超絶の美女ともなれば、なおさらよ」

「やっぱ、自分でそれ言うんだ」

ケイと同じだと、ユリはほざきたいらしい。

それにしても、タラキアンが使用を許可したあれってなんだろう。ちょっと気になる。予知夢でも、それらしいものはでてこなかった。

またポーンという音が鳴った。交信が終わった。

「忙しくなるわね」

あたしは部屋を横切った。

「何するの？」

ユリが訊く。

「隠れるのよ」

「どこへ？」

「大将軍となった者にのみ口伝えられてきたパニックルーム」

「そんなのが、あるんだ」

「大胆にして細心。指揮官として上に立つ戦士に必須とされている条件ね」

「うっす。勉強になります」

ユリが頭を下げた。こいつ、あたしをバカにしているな。

ちょっとむっとしたが、いまそれをどーこー言っている時間の余裕はない。無視することにした。

「あたし、この状況をケイとナナーヤに教えとく」

ユリが言った。

「ナナーヤ？　ナナーヤはケイと一緒にいるの？」

「違うわ」ユリは大きくかぶりを振った。

「ナナーヤは〈ラブリーエンゼル〉でここにきている。このステーションのどっかにもぐりこんでいるはず」

なーるほど。そういうことか。

「あたしが投降したのは、クレアボワイヤンスがちょっと前に発動したから。それでここにきたほうがいいとわかり、実行したのよ」

ユリが言う。

「ピンチに陥ったのね」

「まあ、そんな感じ。それほどのピンチじゃなかったんだけど、いつもよりトランス状態に入る頻度が高くなっているみたいで、いきなり発動したの。しかも、内容がやけに鮮明だった。これ、時空間移動が能力に作用しているからじゃないかとあたしは睨んでる」

「で、あたしと接触し、話がついた直後に反乱が起きるってとこまではわかっていた」

「まあね」

「ケイに連絡をとるのなら、これもつけ加えて」

「これ？」

「伝言よ。あたしたちケイイとユリリは、あんたたちケイとユリと手を結ぶ。あたしたちは完全にWWEから見放された。あっちが裏切ったのよ。ならば、こっちも裏切るしかない。組むのは必然。でないと、あんたたちも生き延びられない」

「長〜い」

ユリが悲鳴をあげた。

そーいう反応かよ！

面倒だの、覚えきれないだの、ぶつぶつ不平の言葉を並べながら、ユリは右耳のピアスを指で軽く触った。どうやら、それが通信端末になっているらしい。この端末はもちろん異世界のものだからその交信をこちらの世界の誰かが盗聴することはできない。だから、ユリは何も気にせず、発信する。

「ナナーヤ、ケイ、聞こえる？」

「はーい、どしたの？」

声が返ってきた。ちょっと歪んでいるけど、これはあたしの声だ。でも、あたしの声じゃない。ケイのそれである。

「こっちも聞こえている」

ナナーヤの声も入った。

「えっとお、こんな状況になっちゃったあ」

ユリは説明した。あたしの言葉も、そこそこ正確に復唱した。なんだ。こいつ、やればできるんだ。ユリリの分身みたいなやつのくせに。

「反乱ね」ケイが言った。

「やっぱ、そんなのが起きたんだ」

「ちょっとお、それ早すぎるんじゃない！」

横から甲高い声が割りこんできた。ユリリだ。

「文句言わないでー。いま話したとおりよお」

ユリが答えた。声も口調も、ほとんど同じ。めっちゃややこしい。

「代わるわ」

あたしが言った。ユリリが相手なら、あたしが扱ったほうがいい。あたしはユリに近づき、その耳もとに向かって声をかけた。

「さっきジャババーガがタララキアンとコンタクトした。あいつ、あたしたちをあのクソ野郎に売ったのね。武装した戦士を連れて、すぐにここにくる。ネリンククーザに送還する気よ。だから、予定どおりあたしはパニックルームにこもる。あとはまかせるから、そっちのケイってのと一緒にうまくやって」

「わかった」ユリリがあっさりと答えた。

「とりあえずケイと組んで〈ウブブダ〉を奪う。でもって、てきとーに上に向かう。それでいいでしょ」

「いーわよ。ちゃんときてくれて、ちゃんとジャババーガを蹴散らしてくれたら」

「なんとかするぅ」

恐ろしくやる気のない声で、ユリリは言った。

またまたポーンという音が響いた。

きた。ジャバパーガがここに近づいている。まもなくこの部屋に押し入ってくる。これ以上の交信は無理だ。

「じゃあね、ユリリっ！」

あたしはユリから離れた。体をひるがえし、右手の壁に進んだ。端末から極秘のパスワードを送信した。壁の一部が渦を巻くように丸くひらいた。人ひとりがようやく通れるくらいの穴だ。

「行くわよ」

あたしはユリに声をかけた。

「待って」ユリが言った。

「ナナーヤ、あんたは予定どおり動いてて。でも、見つかったり、つかまったりしちゃだめよ」

早口で叫び、ユリは交信を切った。それから、あたしに向き直った。

「で、行くってどこに？」

「パニックルームよ」

「あ、そうだった」

てへっと舌をだし、ユリは笑った。

い、いらつくぅ。こいつってば。

7

「じっくり話す時間、なかったわね」

ユリリが言った。

「まあ、だいたいわかったわ。あんたらにも妖力という超能力があって、反乱が起きるのを予測していた。だから、あたしたちと協力して、その危機を切り抜けようと考えていた。そこで、こうやってわざわざ地上に降りてきて接触したのに、反乱が思っていたより早く起きてしまった。なので、いまちょっとあわてている。……そんなとこかしら」

「すごーい。さすがはケイイの分身のケイ。呑みこみが早ーい」

ユリリが手を打ってはしゃいだ。

こいつ、あたしをバカにしているな。

あたしとユリリはオスロロと呼ばれる地上基地（実際は地下基地なんだけど）のメイ

ンコントロールルームにいた。〈ウブブダ〉から下船して不恰好なカートに乗り、暗い通路をしばらく走ってここに着いた。ウウギーとムギはカートに乗らなかった。ウウギーはあたしたちの頭上を飛び、ムギは通路を走り抜けてカートについてきた。

メインコントロールルームは、ちっともメインでもコントロールルームでもなかった。ただのがらんとした、狭い箱のような部屋だった。一応、シートとテーブルはあるけど、操作パネルとか、スクリーンといった装置のたぐいは皆無だ。なーんにもない。ユリリがテーブル前の席に腰をおろし、あたしはその横に並んでいるシートに腰かけた。

「問題は、〈ウブブダ〉の連中ね」テーブルに頰づえをついて、ユリリが言葉をつづけた。

「戦士はみーんなあたしたちの敵。たぶん、あたしとあんたもつかまえちゃえって命令がジャバババーガから届いている」

「全部、ぶっ倒せばいいのかしら？」

あたしが訊いた。

「倒せるのぉ？」

「ムギがやってくれるわ。でも、〈ウブブダ〉は要るんでしょ。それで上に向かうんでしょ。乗員がいなくても大丈夫？　操艦できる？」

「もちろん」ユリリは大きくうなずいた。

「大型艦のパイロット経験だってあるんだから、〈ウブブダ〉くらいどうってことない。あたしひとりでふつーに飛ばせる」

「がるるる」

あたしの足もとでムギがうなった。ちょっと前から床に寝そべっていたのだが、いまは上体を起こし、耳の巻きひげを細かく震わせている。

「なんか察知したみたいね」

他人事のように、ユリリが言う。

「あんた、何もチェックしていないの？」

「チェックなんかできないわよ。オスロロのコントロールも〈ウブブダ〉に握られてるしー」

「はあ？」

あたしは目を剝いた。じゃあ、あたしたちってば、この部屋に監禁状態なの。

「大丈夫」ユリリはしゃあしゃあと言った。

「ウウギーが教えてくれたわ。ムギがなんとかしてくれるって。違う？」

「違わない」あたしの頭上にやってきたウウギーが言った。

「ムギは最強の絶対生物だ。知性も高いし、桁違いの戦闘能力も持っている。だから、何も気にすることなくここに入れって、俺が勧めた」

「どーいうこと？　この不細工な鳥、ムギと会話できるの？」

あたしはユリリに訊いた。

「らしいわ」ユリリはさらっと答えた。

「あなただって、多少はやりとりできるんでしょ」

「まあね」

「だったら、不思議でもなんでもないんじゃない。見た目はちょっと異なるけど、生物的には似たもの同士なんだもん」

そうか。ムギが人工生命体だってこともわかっているのか。あなどれないわね、ウウギー。たぶん、こいつがこっちの世界にいるムギの分身なんだろう。紐づけられているから、コンタクトもしやすい。話も合う。

ばさばさばさと、ウウギーがテーブルの上に降り立った。

「ここ、ぶっ壊してもいいかと、ムギが訊いている」

ユリリに向かって、ウウギーが言った。

「いーわよ。あたしたちと〈ウブブダ〉に被害がなければ」

「そこは、ちゃんと配慮するってよ」

「じゃ、好きにして」

ぐるる。

またムギがうなった。今度は短い。それから、うっそりと動いた。

つぎの瞬間。

轟音が鳴り響いた。

ムギ、通路側の壁を前肢の爪で切り裂いた。でもって、思いっきり体当たりして、一撃でぶち抜いた。

そのまま通路に躍りでる。ていうか、躍りでた。姿、あっという間に見えなくなったから。

「ぐあっ！」

「ぎゃっ！」

悲鳴が湧きあがった。

壁にひらいた穴の向こう側、通路からだ。

おおむね状況はわかった。

〈ウブブダ〉の乗員によって構成された、あたしたちの討伐隊が、すぐそこまできていた。それをムギがいち早く察知し、先制攻撃を仕掛けた。

「ムギは〈ウブブダ〉に行く」ウウギーが言った。

「俺たちもつづくぞ」

こいつ、仕切っている。それも、ちょーえらそうな口調で。

「はーい」

ユリリが飛びだした。なんの屈託もない。あっさりと指示に従っている。おまえ、大将軍だろ。鳥に飼い馴らされちゃって、どーすんだよ。

などと、文句を言っている余裕はなかった。そう。くやしいけど、ウウギーの言うとおりだ。ここは突撃あるのみ。

通路にでた。勝手知ったるユリリが先行する。その背中を、あたしは追いかける。ムギとウウギーはもういない。

迷路のようにくねくねと伸びる通路を駆け抜け、あたしたちはシャトルの離着床に着いた。

だだっ広い、巨大な空間だ。また悲鳴が聞こえた。ムギがどっかで暴れまくっている。

羽音とともに、ウウギーが降ってきた。

「〈ウブブダ〉は確保した。ハッチもあけてある。とっとと入れ！」

上から高飛車に怒鳴った。ああ、マジむかつく。でも、やっぱ従うしかない。

「こっちよ」

ユリリが言った。

金属製の階段を駆け下り、プラットフォームにでた。目の前に〈ウブブダ〉の船体がある。このシャトルは水平型で、ちょうどプラットフォームの位置に乗船ハッチが設けられている。ウウギーの言葉どおり、ハッチはひらいていた。なので、そのままユリリとあたしは〈ウブブダ〉の船内へと飛びこんだ。

ユリリがハッチを閉じる。

「船はからっぽだ」ウウギーが言った。「乗員はムギが残らず外に追いだした。先手を打ったので、向こうは混乱している。発進しろ」

「ムギはどこ？」

あたしが訊いた。

「どっか、そのあたり」

ウウギーは翼を横に広げ、肩をすくめた。なるほど。そこまでは連携できてないのね。

ユリリの先導で、コクピットに入った。たしかに誰もいない。操縦席も、それ以外のシートも無人である。

ユリリが操縦席に着いた。あたしは、そのとなりのシートにもぐりこんだ。これはナビゲータの席かな。コンソールパネルの構造があたしの見慣れたそれとはまったく違う。デザイン的にも、なんか古めかしい。というか、装飾が多くて、仰々しい。いかにも帝国の装備品って感じ。機能よりも、威厳が優先なのね。

「行くわよぉ」

ユリリが言った。ムギはまだ戻ってこない。でも、それは大きな問題じゃない。ムギなら、〈ウブブダ〉が発進してからでも十分に間に合う。暴れまくりながらでも、それくらいの計算はしている。

船体が鳴轟し、〈ウブブダ〉が上昇を開始した。トンネル内に敷設されたレールの上を走り、垂直状態で地上に飛びだす。

Gを感じる。〈ウブブダ〉がぐんぐん加速していく。あたしの背中が、バックレストに食いこんだ。

どおん！

地上にでた。スクリーンの映像が変わった。

でも、その背景はトンネル内と同じくらい暗い。

夜だ。外はもう夜になっていた。

「うみぎゃ」

コクピットの扉がひらき、ムギが入ってきた。

ほら、やっぱり。ちゃんとジャストタイムで合流する。

「邪魔者は全部片づけたってよ」

ウウギーが言った。

「〈ドビビータル〉に突っこむんでしょ」あたしが言った。

「操艦、しっかりやってね」

「は〜い」

まったくやる気のない声が返ってきた。

8

隠し扉をひらき、パニックルームに入った。前任者から口頭で引き継ぎを受けたとき、こっそりもぐりこんでざっと内部を確認したことはあったが、本格的に使うのは、これがはじめてだ。でも、仕様はすべて頭の中に叩きこんである。とまどうことは何もない（たぶん）。

入口は丸い穴だった。くぐるとすぐに閉じて、完全密閉状態になる。床全体が冷えて温度調整する構造になっているため室温上昇はないが、換気はおこなわれない。なので、滞在可能時間は半日くらいだ。当然だが、そのままでは外の様子がまったくわからない。無線も遮断されている。ただし、有線はべつだ。そこはぬかりがない。完璧といってもいい有線式外部監視システムが存在する。パニックルームをつくったやつ、初代の大将軍らしいけど、相当に疑り深い性格ね。けど、これは間違いなく正解。部下をうかつに信じきると、ろくなことはない。上に立つ者は疑心暗鬼野郎くらいがちょうどいいのかも。

「で、ナナーヤは、なぜここに戻ってきたのかしら？」

あたしはユリに訊いた。

「時空間移動装置の解析と、ハイパーリープ・コントローラーの作成よ。ここにある装置を改造すればなんとかなるっていうから、連れてきたの。いま、どっかでやろうとしているはず。うかつなまねしてつかまってなければ」

なるほど。そーいうことか。だとすると、監視するのはバププロアだ。ナナーヤは、必ずあいつのところに行く。

研究区域の監視カメラ映像を確認した。

バププロアが映った。主任研究員専用の研究室だ。一応、床上にふわっと浮かびあがる3D映像だが、画質はあまりよくない。大将軍の執務室を除けば、〈ドビビータル〉内はどんな重要機密区域であろうと、監視カメラがセットされている。もちろん、そのすべてを見ることができるのは大将軍だけだ。副官のジャババーガといえども、この研究室を覗き見ることはできない。

バププロアはデスク前に腰かけ、真剣に端末を操作している。ときどきうなずいたりうなったり、かなり忙しい。あたしは映像をぐるっと回転させた。ひとりだ。他には、誰もいない。当然といえば、当然ね。大将軍じきじきの命令ではじめて、そのあとジャババーガにとつぜんもぎとられちゃった極秘解析作業なんだから。どんな雑事であっても下っ端の手を借りることはできない。

あたしは、しばらくバププロアを注視していた。バププロアは監視されていることに気づかない。集中し、ただひたすら端末のキーを叩きまくっている。思ったよりも真面目ね、こいつ。でも、業績はいまいち。たぶん、独創性がないのだ。それで、この解析もけっこう苦労している。そんな感じだ。

音が聞こえた。

かすかな電子音だ。あたしたちには聞こえたが、バププロアの耳には届いていない。だから、反応しない。解析し、それを自分の手柄にしたい。いまバププロアの頭にあるのは、それだけである。

ちょっとだけ時間が過ぎた。

とつぜんバププロアが何かに気がついた。背後を振り返り、驚愕の表情を浮かべた。

「ナナーヤ」

言葉が漏れる。

きたーーーーっ。

そうか。さっきの電子音は研究室のロックを解除しようとしていた音だ。外から操作すると、あんな音が響く。聞き覚えがあるわ。間違いない。

　ナナーヤが言う。

「例の異世界データの解析中だな。いいタイミングで、ここにきたぜ」

　バシュッ。

　甲高い破裂音がつづいた。

「殺った！」

「違うわ」あたしの言葉をユリが否定した。

「いまのはショックガン。あたしたちが貸したの」

「ショックガン？」

「電撃を放って、相手を失神させる。そういう武器があるのよ。半日くらいは気絶してるはず」

「あによ、そのぬるい武器」あたしは言った。

「敵は即座に殺す。これ、戦いの鉄則でしょ。生かしておいたら、あとで必ず逆襲されるわ」

「こっちの世界とは流派が違うのよ」ユリは小さく肩をすくめた。

「あたしたちの世界じゃ、殺さずにすむときはなるべく殺さない。生きたまま捕縛する。それが鉄則なのぉ」

「ガキのお遊戯か」

「ええっ、そこまで言う？」

ユリが頬を丸くふくらませた。うん、本当にガキだ。

ナナーヤがバププロアにかわり、シートに着いた。作業を開始する。

「ねえ」ユリが言った。

「ナナーヤに話しかけたいんだけど、できる？」

「もちろん」あたしはうなずいた。

「監視カメラに付属しているスピーカーから音声を流せるわ。でも、これをやると、ちょっとあぶない。いくら有線でも情報を送れば、どこかでそれをキャッチされる恐れがでてくる。そうすると、あたしたちの居場所がばれる」

「じゃあ、無理ね」

「っていうほどのことでもない」あたしはにっと笑った。

「ばれたら、ばれたときよ。こんなとこに、いつまでもこもっているわけにはいかないし、ここまできたら、勝負をかけないと先には進めない。やっちゃうわ」

あたしは素早く端末を操作した。

「いいわよ」

準備完了。ユリに目配せした。

あたしの端末に向かい、ユリが口をひらいた。

「はあい、ナナーヤ。聞こえるぅ？」

ナナーヤがびくっと顔をあげた。

「ユリか？」

「そう。どんな感じ？　解析できそう？　時空間移動装置、つくれそう？」

「まだはじめたばかりだぜ」ナナーヤは答えた。

「しかし、状況は悪くない。バブプロアのやつ、意外にまともな仕事をしていた。俺がいないあいだに、なぜかスキルアップしたみたいだ」

「でも、まだ目処（めど）は立ってないんでしょ」あたしが横から割りこんだ。

「あと、どれくらいかかるの？」

「そいつは……」

声に警報音が重なった。端末が発している。すごく不快な音だ。耳に障る。

「ちっ」

あたしは舌打ちした。

「なに？　これ」

ユリが訊いた。

「ばれたのよ」あたしは端末を操作し、警報音を切った。

「あたしたちがパニックルームにいること」

「うっそー」

ユリの目が丸くなった。かなりわざとらしい表情である。

「さっき言ったでしょ。ばれるって。当然、この事態は織りこみずみよ。どうってことない。むしろ、いいチャンス」

「チャンスなの？」

「〈ドビビータル〉は、うちらの縄張りよ」あたしは胸を張った。

「どこに何があり、何をどうすればいいのか、みーんな熟知している。――ナナーヤ」

あたしは端末に向き直った。

「そこ密室よね」

「ああ」ナナーヤは小さくうなずいた。

「頑健無比の壁で研究室全体が囲われている。大型のボボアダクが束になって押し寄せてきても、この壁を破ることはできない。しかも、ドアは内側から完全にロックした。バププロアのように、闖入者に不意を衝かれる恐れも皆無だ」

「じゃあ、ボボアダクを解放してちょうだい」あたしはつづけた。

「小さめのやつ、いるでしょ？」

「ザザンガならいけるかな。繭の中で百頭以上眠っている。起こすのも簡単だ」

「ちょっとお、何する気？」

ユリが横から言った。

「もちろん、パニックルームからでるのよ。ここにいたら、ジャババーガの戦士たちに部屋ごと圧しつぶされておしまいになる。そんなのごめんでしょ」

「だから、ザザンガを放つのか？」

ナナーヤが言った。

「そうよぉ。それに、もうすぐユリリとケイも〈ドビビータル〉にくる。ウウギーも一緒に」

「ムギもいるわ」

「けど、ここが混乱状態にでもなっていないと、シャトルは強行ドッキングできない。それどころか接近するのも容易じゃない」

「それで、思いっきりここをぐちゃぐちゃにしておくのね」

「わかった」ナナーヤが右手をふわっと振った。

「すぐにやる」

左手が動いた。

「時間、かかっちゃうかしら？」

あたしはナナーヤに訊いた。

「まばたきする間にってのは無理だが、まだかよってほどは待たせない。電撃でショックを与えたら、一発で目覚める。繭はもうあけた。意識が戻れば、即座に飛びだしていくぜ」

「オッケイ。だったら、あんたは解析に専念してて。あとはすべて、こっちでなんとかする」

「了解」

あたしは回線を切った。もう限界だ。これくらいにしておかないと、ナナーヤの居場所も割れてしまう。それは、めちゃまずい。

「覚悟決めてよ」あたしはユリに視線を向けた。

「ここ、吹っ飛ばすから」

9

あたしはユリに防御姿勢をとらせた。

両腕で頭をかかえ、背中を丸めて部屋の隅で俯せになる。

「えーーーっ、かっこ悪いぃ」

と、ユリは文句を言ったが、受けつけない。この部屋で安全なのは、まさにいまユリがいるとこだけ。あたしも最終的にはそこに行く。そして、同じ姿勢をとる。みっともないとか、美しくないとか、恰好を気にしているときではない。生き残るには、そうする以外に手はないのだ。

「派手にやるから、とにかく我慢よ」

あたしは言った。

「うー」

ユリは唇を尖らせ、一声うなって指示に従った。

あたしは将軍執務室の様子を確認した。映像が浮かびあがる。

執務室のロックは、すでに破られていた。そこらじゅう、屈強な戦士だらけである。

もちろん、完全武装だ。壁や天井、床を破壊し、あたしたちを探している。

音声通信をおこなったおかげで、あたしたちが執務室のどっかにいるということはばれた。しかし、まだそこにあるパニックルームの中ってことまではわかっていない。だから、ひたすらぶち壊して、見つけようとしている。執務室、ぐっちゃぐちゃだ。

戦士たちひとりひとりをじっくり見て、その顔をたしかめた。

ちっ。ジャバパーガがいない。下っ端ばっかりだ。まあ、下っ端といっても、いわゆる精鋭部隊である。一対一で戦ったら、こいつらはけっこう強い。

「そろそろかますわよ」

あたしは言った。端末を握り、スイッチを押した。

同時に後方へと飛ぶ。

丸くなっているユリの横に、あたしは転がりこんだ。膝をかかえ、頭を胸に押し当てた。

どどどどかーーーーん！

すさまじい爆発音が轟いた。

いや、爆発音だけではない。

床がうねるように揺れた。壁が割れ落ちた。天井も崩れ、高温の熱風が渦を巻いた。瓦礫が降ってくる。頭にも、腰にも肩にも、がんがんと当たる。生身だったら、即死クラスの衝撃だ。

しかし。

あたしは平気。なんといっても大将軍専用の黄金甲冑を身に着けているのである。この程度の打撃、どうってことない。多少うるさいが、ダメージなんて皆無だ。補助されているパワーもめちゃ高いから、少しくらい埋まっても簡単に脱出できる。

がらがらがら。

からだをひと振りして、まわりの瓦礫を跳ね飛ばした。

体を起こし、立ちあがる。

ついでにユリを探した。あたしと違って、ユリはろくな衣服を着ていなかった。ほぼ半裸といっていい。よくあんなこっぱずかしい恰好で人前にでられるものだと思うが、異世界の住人だから仕方がない。羞恥心など、かけらも持ち合わせていないのだろう。

「ああん、もう」

ユリがいた。瓦礫の山の上にすわりこんでいた。

「あたしの美しい黒髪が傷んじゃうぅ」

顔をしかめ、全身の埃(ほこり)をはらっている。

え？

無事なの？　こいつ。

「ぜんぜん安全じゃないわよ。ここで丸くなっていても」

あたしの顔を見て、ユリは文句を言う。

「でも、平気だったわ」きょとんとして、あたしは言った。

「なぜ？」

「これ、素肌じゃないの」ユリは自分の腕を指し示した。

「全身が耐熱耐衝撃性のポリマーコーティングで覆われている。だから、怪我もしないし、打撲もなし」

あんですってえ。

「つまんねーやつ」

あたしは肩をそびやかした。

「何か言った？」

「言ってない」

あたしはきびすを返して、ユリに背を向けた。

腰を落とし、身構える。

あたり一面、白煙が立ちこめていた。視界がない。一歩、前に進んだ。足もとが悪い。

床がひび割れ、そこにヒールをとられる。

あたしは腰に装着していたグリップを引き抜き、親指でボタンを押した。

グリップから正面に向かって、帯状の炎が噴きだした。炎の長さは、あたしの身長の三分の二くらい。その正体は、高温のプラズマだ。それを力場で刃状に整形し、剣（エナジーブレード）としている。

名付けて紅蓮刀（ぐれんとう）。

WWEにおいて、大将軍の称号を得た戦士のみが手にすることのできる必殺武器だ。

でもって、ユリはといえば……。

ちらと振り向くと、あたしのすぐうしろにいた。

銃をかまえている。飛び道具か。軟弱者め。でも、異世界の者なら仕方ないかもね。

あたしたちのように、戦士としての訓練も受けていない。

白煙が薄まってきた。視界が広がった。

執務室はぐちゃぐちゃになっていた。床に、戦士が何人も転がっている。爆発の巻き添えを食らった連中だ。生死は不明。でも、息があるようには見えない。

「でやあっ！」

いきなり戦士がひとり、白煙をついて突進してきた。大刀を振りかざしている。刀身の長い業物だ。平戦士だが、技量はトップクラス。ジャババーガが手ずから鍛えた選抜部隊員だろう。はっきりいって強い。だが、惜しいことに、大将軍の敵ではない。

「とおっ！」

あたしはそいつを紅蓮刀で瞬時に切り伏せた。突きだされた大刀ごと、真っぷたつにした。

と同時に。

あたしの背後で甲高い音が響いた。

ユリだ。ユリが銃を撃った。光条が疾り、黒い影がもんどりうった。

抵抗はそれで終わった。白煙がほぼ完全に晴れた。生き残っていた戦士はふたりだけだった。倒れている戦士すべてを確認した。ジャババーガがいない。あいつ、ここにきていなかったんだ。ちっ。運のいいやつ。

そこで、あたしは気がついた。

なんか、うるさい。

警報だ。

けたたましく警報が鳴っている。執務室の中ではない。外だ。爆発でドアが吹き飛んだ。なので、通路が丸見えになっている。

ということは。

これ、〈ドビビータル〉の全区域で鳴り響いている緊急事態警報だ。

そんな警報が鳴るということは。

ナナーヤね。

ナナーヤが大量のザザンガを目覚めさせ、放った。だから、〈ドビビータル〉内がとんでもないことになり、警報が鳴った。それでうろたえて、ジャババーガはそっちに向かった。そういうことか。

「へえ、壁ごと外に向けてパニックルームを爆発させたんだぁ」

つぶやくようにユリが言った。

こいつ、のんきに現場検証してやがる。

「ほんと、いい性格だわ」あたしは両手を広げた。

「このパニックルームをつくった初代の大将軍」

って、のんびりしてはいられない。あやうくユリのペースに巻きこまれるところだった。

「行くわよっ！」

あたしはユリに向かって言った。

「どこに？　ナナーヤんとこぉ？」

「それはあとまわしっ。むしろ、あっちにジャバーガや戦士が行かないよう、あたしたちのほうに敵を引きつけておくことが必要。だから、とにかく暴れる。暴れながら、ドッキングポートに向かう」

「ドッキングポート」ユリは人差し指を伸ばし、その先端をあごに軽く当てた。

「合流するのね。ケイ、ユリリと」

「そう」

「ザザンガに出会ったら、どうしよう？」

「叩っ斬るわ。こいつで」

あたしは紅蓮刀を振りかざした。

「んなこと、できるの？」

「気合よっ！　気合で迎え撃つ」

「えーーーーーーっ」

絶対に信じていないという表情と声でユリは叫び、思いっきり首を左右に振った。

第四章　見せてもらうわ、赤い甲冑の性能ってやつ！

1

〈ドビビータル〉が近づいた。

「やってくれたわよ、ケイイ」

ユリリが言った。さっきからずうっと〈ドビビータル〉内部で交わされている通信を、操縦しながら傍受している。

「どんな感じ？」

あたしは訊いた。

「〈ドビビータル〉の中、大混乱ね。なんか、すごいことしちゃったらしい。……あ、わかった。ボボアダクを何頭も放ったんだ」

「ボボアダクって、あのでっかい怪獣でしょ。そんなのステーションの中で野放しにしちゃって大丈夫なの？」

「小さいやつもいるわ。ザザンガだと、サイズは人間の子供くらいしかない。でも、凶暴度はゴゴッタンなんかと大差ない。だから、かなりやばいことになっているはず」

「じゃあ、突入するならいまね」

「そう。シャトルにかまっているひまなんてないわ。ないといいな。ないかもね。絶対にない」

う〜ん。あたしは心の中でうなった。ユリリの言葉、ちょっと願望が入っている。

「あのへんがドッキングポートよ」

ユリリがメインスクリーンを指差した。画面に映っているのは〈ドビビータル〉だけだ。宇宙空間はまったく見えない。眼前に銀色の壁があるって感じ。そこまで接近している。

「ハッチ、あいてないわ」

あたしが言った。

「当然よね」ユリリは何か信号を送った。

「あんなとこ、あけっ放しにしておくやつはいないもん」

「いま、なんかした？」

「コマンドを発信したけど、反応がない。外からの操作は不可能ね」

「どーすんの？」

「平気平気。ムギがいるんでしょ。ウウギー、頼んで」

「俺かっ」

ウウギーは飛びまわりながら羽を大きく上下させた。

〈ウブブダ〉が〈ドビビータル〉に並んだ。〈ドビビータル〉の外鈑にハッチがある。そのままベクトルを合致させ、ユリリはハッチの位置をロックした。彼我の距離は数メートルって感じ。手を伸ばせば、届きそうだ（実際は、もっとある）。ユリリ、ちゃんと操縦できるじゃんと思ったら、ハッチの位置をロックする作業以外はすべて自動操船だった。

「うみぎゃ」

ムギがあたしの横にきた。その頭上にはウウギーが舞っている。

「ムギ、出番だぞ」

ウウギーが言った。

ムギの巻きひげが細かく震えた。

ハッチがひらく。実にもうあっさりとひらく。

つぎの瞬間。

〈ウブブダ〉からドッキングチューブが伸びた。チューブの先端が、ハッチを覆った。

おお、さすがは自動操縦。見事な手際だ。ユリリが手動でやってたら、きっとこうはいかなかったはず。

「行くわよぉ」

ユリリがシートから立ちあがった。

艦内を駆け抜け、あたしとユリリはドッキングチューブ経由で〈ドビビータル〉の中に飛びこんだ。そこはだだっ広いドッキングポートだ。本来は大型のハッチをあけ、シャトルごとここに入る。だが、ユリリは待ち伏せに備え、ドッキングチューブでの移乗を選択した。

「がおん！」

ムギが吼える。ムギは、あたしたちより先に突入していた。いわゆる先遣隊だ。まあ、とろいうちらをさっさと追い抜いてしまったという説もある。もちろん、その説に根拠はない。

「誰もいねえ」

あたしとユリリの頭上で、ウウギーが言った。どうやら、ムギの「がおん」を翻訳したらしい。

「ケイ、着いたの？」

とつぜんユリの声があたしの耳朶に響いた。

「着いたっ。ドッキングポートにいるっ」

あたしは答えた。

「あたしたちも、向かってるとこ。たぶん、すぐに着く。でも、うしろに何十人もの戦士が迫っている」

「そんなの、連れてきちゃだめ」

「無理ぃ。だめだけど、ついてくるぅ」

　と言っている間に。

　ケイイとユリがドッキングポートにあらわれた。右奥の通路だ。視認した。けっこう距離がある。でもって、ふたりにつづいて、本当にどどっと大量の武装した戦士たちがドッキングポートへとなだれこんできた。

　その場で激しい戦闘がはじまった。ケイイはビームサーベルのような武器を揮(ふる)っている。すっごく強い。さすがはあたしの分身。

　ユリはレイガンで応戦した。まあまあだね。敵がいっぱいいるから、適当に光条を薙(な)ぎ払うだけで、相手にダメージを与えられる。

「ぐわおぅ！」

　ムギがあたしたちの前にでた。全身の体毛を逆立て、近づきつつある戦士たちを威嚇している。

「ユリ、ナナーヤはどうしたの？」

あたしはユリに呼びかけた。

「まだラーヤナのデータを解析中。ここにはいない」

「そっちも加わってよ」ケイイの声が割って入った。

「時間稼ぎするの。こいつら全部、こっちに引きつけておく。でないと、ナナーヤの居場所がばれちゃう！」

えーーーーっ。戦うの？　こんな殺しのプロみたいな連中とぉ？

「仕方ないなあ」

あたしの横でユリリが言った。

腰から短い棒のようなものを抜いた。何か操作した。

炎が噴きだした。

あとで聞いた。紅蓮刀。高温のプラズマを刀身にした必殺武器だ。ケイイが揮っていたビームサーベルのようなのと同じやつ。

ていうか、あんた戦う気満々なの？　ユリリなのに。

「一応、大将軍だもん」ユリリは言う。

「こういうときは、白兵戦でも受けて立っちゃう」

違う。あたしは首をぶるぶると横に振った。こんなのユリじゃない。

あ、ユリリだった。

そっかあ。ユリとユリリは、やっぱりべつもんなんだ。

じゃあ、あたしもやるしかない。

腰のヒートガンを、あたしは抜いた。

撃ちまくった。ひたすら撃ちまくった。しかし、敵の戦士、めちゃくちゃ多い。しかも、着ている甲冑が予想を超えて頑丈。かすったくらいじゃ、ぜんぜん平気。直撃しても、当たったとこが腕や足だとその突進を止められない。意地と根性で向かってくる。

だめ。こんなことしてても埒が明かない。

そう思ったとき。

「ケイ、ユリリっ、ここ、あんたたちにまかせるわ」

ケイイの声が入った。

あんですってえ？

「いまケイイが決めたの」ユリがつづけた。

「そもそもたった四人とムギ一頭で、こいつらを相手にしていても、いいことは何もない。へたすると、ここぞというときナナーヤのもとに駆けつけることもできなくなる。その前になんとかしとかなくちゃいけないって」

「一理あるかも」

「三理くらいあるわ。ひとつ先に向けて手を打っておくのは、勝利のセオリーよ」ケイイイが言った。

「〈ラブリーエンゼル〉は八番ドックに駐機している。外じゃなく、〈ドビビータル〉の中。そこで、あたしたちは武器を調達してくる。でもって、派手に暴れる。だから、ふたりはふたりでここにいすわり、がんばりつづける」

「がんばるって、どういうこと？」

「さっきも言ったでしょ。いまいちばんまずいのはナナーヤの居場所がばれちゃうこと。だから、とにかく敵の耳目をこっちに集めておくの。あんたらはここで踏んばり、敵の戦士を皆殺しにする。ザザンガがでてきたら、そいつらも根こそぎ片づける。その上で、うちらがナナーヤの装置完成を確認してそっちを呼んだら、そこに全員集合。……ああ、いい作戦だわ。われながら天才的」

うげげげげげ。こいつ、何をほざいている。

「ユリリっ、ウウギーを貸してっ」ケイイの声が甲高くなった。

「こっから先はウウギーの能力が要る。いないと無理！」

「は〜い」ユリリが即答した。

「いーわよぉ」

「え？」ウウギー、目を丸くした。

「それって、俺の許諾はなし？」

「ないわ」

ケイイはにべもない。

「やれやれ」

ばさばさばさとウウギーが飛んだ。高度をあげ、ケイイのもとへと向かった。

ええええええ。

あたしは声を失った。

これで作戦決定なのお！

2

ウウギーがきた。

「よお、元気そうだな」

あたしの頭上で旋回する。うっさいわねえ。こっちは雑魚戦士に囲まれて汗びっしょりなのよ。

「ムギをもらったほうがよかったんじゃない」

ユリが言う。あたしとユリは背中合わせで戦士たちと対峙している。相手の人数は、ざっと十人。かなり減らしたが、まだまだいる。

「いまのことより、先のこと」あたしは言った。

「もうちょいしたら、ウウギーの能力が必要になるわ」

「その前に、やられちゃいそうじゃない」

「あと二、三人始末する。そしたら、右手に走る」

「右手って、床がないじゃない。切れ落ちてるわ」

「大丈夫。ちょっと下にべつの通路がある。そこに跳び移って八番ドックを目指す」

「ちょっと下？」

「感じているでしょ。〈ドビビータル〉の重力は、人口疑似重力。多少落下しても、どうってことない」

「どうってことあるわよ。これ、〇・二Gくらいだわ。あたしたちの世界とほぼ同じレベルのテクノロジー。だから、わかる。落差次第では怪我する恐れも皆無じゃない」

「跳ばなきゃ、ほぼ間違いなく殺されるわよ」

「跳びます」

ユリは納得した。実をいうと、このジャンプはあたしの感覚でも賭けそのものだ。なにせ、黄金甲冑はけっこう重い。パワーアシストされていても、質量そのものに変化はないから、落下衝撃はそれなりにある。それをすべて吸収できるかどうかは、不明だ。

だって、やったことがないんだもん。

「でやあっ！」

あたしは紅蓮刀を振りまわした。

「あっちに行けー！」

ユリは銃を乱射する。

数人が昏倒した。

いまだ。

あたしは体をひるがえした。ユリも床を蹴った。

走る。

超ダッシュ。全力疾走。

戦士たちは意表を衝かれた。まさか、ここで、あたしたちが逃げだすとは思っていなかった。

跳んだ。

思いっきり跳んだ。

着地する。

どおおおん。すごい衝撃。予想以上。足が痺れる。脳天をショックが襲う。

でも、我慢した。必死に耐えた。

「どっちに行くの？」

ユリがあたしに訊いた。

「あっちだ」

ウウギーが答えた。答えて、大きく羽ばたいた。戦士の気配のない通路を選び、あたしとユリを八番ドックへと導いていく。

もう一回、全力疾走するしかない。

走った。

通路を抜けた。追っ手はこない。八番ドックにでた。

なぜ？

〈ラブリーエンゼル〉がある。見張りの戦士がいるはずだが、その姿が見当たらない。

と思ったら、その理由がすぐにわかった。

ザザンガだ。

ザザンガがいた。それも六頭も。かれらの足もとには、数人の戦士が倒れている。ここにいた部隊はザザンガにやられて全滅したらしい。

この六頭、とにかく始末しないといけない。

しかし、いまの相方は、ユリリよりもどんくさいユリだ。こいつの貧弱な火器じゃ、ザザンガは撃退できない。光線で眼球でも灼けば話はべつだが、そんなピンポイント攻撃、この状況では不可能である。

「ぎゃわっ！」

ザザンガがあたしたちを見つけた。

威嚇の声をあげ、いっせいにとびかかってきた。

仕方がない。あたしが全部叩っ斬る。

「ブラッディカードぉぉぉ！」

ユリの声が響いた。

え？

あたしの横だ。ユリが何かを投げた。てのひらより少し小さいペラペラの板。銀色で、激しくきらめきながら丸い弧を描いた。

どぴゅっ！

ずばっ！

ばしゅっ！

擬音の三連発。

鮮血がほとばしった。真っ赤な霧があたしの眼前でぶわっと広がった。

ごとん。ごとん。ごとん。

首が床に落ちる。ザザンガの首だ。

三体、まとめて瞬時に斬首。

何をしたの、ユリ。

銀色のカードがUターンして、ユリの左手に戻った。

「ブラッディカードよ」これ見よがしのドヤ顔で、ユリが言う。「厚さ〇・五ミリのテグノイド鋼でできていて、四辺が刃物みたいに鋭く砥ぎあげられている。投げたらイオン原理で飛んでいき、なんでも切り裂いちゃう。宇宙船の外鈑だってざっくり。ちょっとすごいでしょ」

にっと笑う。意味はさっぱりわからない。でも、自慢しまくっているのはわかる。あ、不快。

くやしいので残りの三頭の中にあたしは突っこみ、紅蓮刀でそいつらを斬りまくった。

あっという間にザザンガ全滅。

〈ラブリーエンゼル〉の船内に入った。

そこでまたザザンガがあらわれた。今度は四頭だ。狭い船内でこいつらとやりあうのかよと少し憂鬱になった。

「待て待て待てぃ！」

ウウギーがきた。あたしたちとザザンガのあいだに割って入った。

ザザンガの正面でウウギーがホバリングし、ぎゃあぎゃあと啼き声をあげた。

ザザンガ、それを聞いてきびすを返した。

「どういうこと？」

ブラッディカードをかまえたユリが、きょとんとなった。こらこら、ここでそんなもんを投げる気だったのか。だいじな船がずたずたになるぞ。

「ウウギーがザザンガを説得したのよ、たぶん」あたしは言った。

「こいつらは強い。外の六頭はあっさりと殺された。戦うのはやめて、よそに行け……とかなんとか言ったんだと思う」

「マジ？」

「大マジ。これがウウギーの能力なの。見た目はあれだけど、ウウギーもボボアダク。ここでつくられた人工生物という点では同じ。ザザンガにとっては、一種の仲間ってわけ」

「へー」

四頭のザザンガは〈ラブリーエンゼル〉からでていった。これで、あたしたちの邪魔をするやつはいなくなった。

あたしとユリは格納庫に向かった。

ユリがごっつい宇宙服をだしてくる。パワーアシスト付きの不格好なハードスーツだ。機能的にはあたしの着ている黄金甲冑みたいなものだが、とにかください。みっともない。

「それが武器なの？」

あたしは訊いた。

「パワードスーツほどじゃないけど、これは強力よ」ユリがまたドヤ顔をつくる。

「もう一着あるから、ケイイもそのかっこ悪い金ぴかウェアをやめて、これに着替えない？」

「戯言(ざれごと)無用。そんな見苦しいものを着たら、戦士の恥になる」

「あ、怒った」

怒るわよ。大将軍の誇りを踏みつけにしやがって。

ユリがハードスーツを着た。大型の武器も手にした。ちょっとした大砲レベルの火器だ。これなら、平戦士の甲冑も、一発で破壊できるだろう。

「〈ラブリーエンゼル〉はどうするの？」

「自動操船で宇宙空間に待機させとく」あたしの問いに、ユリは答えた。

「ここに置いといたら、破壊されちゃう恐れがあるから」

ハードスーツを着たまま、ユリが格納庫の端末でプログラムを打ちこんだ。ふ〜ん。こんなでぶい外観なのに、けっこう細かい作業もできるんだ。

船外にでた。あたしがドックのハッチをあける指示を端末経由でシステムに送った。

しばらくしたら、自動的に〈ラブリーエンゼル〉は〈ドビビータル〉から離脱し、宇宙空間で待機状態に入る。

「第二ラウンドよ」ユリに向かい、あたしは言った。

「思いっきり暴れるからね」

3

紅蓮刀で派手に戦士たちと切り結んでいたユリリが、あたしの横に戻ってきた。肩で息をしている。かなり消耗したみたい。

「〈ラブリーエンゼル〉、〈ドビビータル〉から離れたわ」

あたしは言った。あたしも、正直しんどい。とにかくまわりじゅうあたしたちへの殺意にあふれた戦士だらけなのだ。ケイイとユリがいなくなり、その相手をしていた連中までこっちにやってきた。敵軍倍増である。ぜーんぜんうれしくない。

「で、ケイイとユリはどうしてるの？」

ユリリが訊いた。

「戦士軍団相手に、思いっきり暴れているみたい。そう言っていた」

ときどき、あたしの耳にユリの声が届く。実況のつもりなんだろう。こんなにがんばっているってことを言いふらしたくてしょうがない。ユリの本性そのものだ。でも、必死でがんばっているのはこっちも同じ。言われても、「ああそうなの」程度にしか思わない。とにかく戦力差が大きすぎるのだ。ムギのおかげで、なんとか互角の勝負をつづけているが、そろそろあたしもユリリも体力の限界が近い。んもう、ここにはいったい何人の戦士がいるのよぉ。百人？　千人？　一万人？　体感的には、数百万人って感じなんだけど。

あたしはぜいぜいとあえいでいた。もうだめ。足がもつれている。目がかすむ。見るものすべてが、ぐるぐるまわりはじめている。

そんなときだった。

ナナーヤから連絡が入った。

「できたぜ」ナナーヤの声がちょっと甲高い。

「テストはしていないが、たぶん動く」

「たぶんなのぉ」

「テストなんか機能的にも時間的にもできねえだろ」

それはまあ、そのとおりである。いまは余裕なんて、何ひとつない。

「行くわ。すぐに」

あたしは答えた。

「あたしも向かうー！」ユリの声が重なった。

「それどこじゃないけど、でも、急ぐー」

そのあと、ユリの声は悲鳴に変わった。かすかだが、ケイイの発する気合のような声も聞こえる。いやあ、ほんとにあっちもたいへんなのね。やっぱ、ケイイが言ったように四人と一匹と一羽でババラスカ征服軍全戦士を相手に戦うなんて、無理筋もいいとこだったのかしら。

……なんてことは言ってらんない。

まずは、ここから離れる。でもって、戦士の群れを振りきる。話はそれからだ。

しんがりをムギにまかせた。気がつくと、あたしとユリはドッキングポートからでていて、どこなのかよくわからない通路の中を進んでいる。どこだ、ここは？〈ドビビータル〉って、どういう構造をしているんだ？

〈ドビビータル〉は、典型的なつぎはぎステーションだった。

はじまりは直径百メートルくらいの小さな中継基地にすぎなかったのだが、度重なる増築によって巨大かつ複雑な形状のいびつな軌道上構造体となってしまった。実際のところ、これはあたしたちの世界でもよくある話だ。地上の建造物と違い、形状や重量に関する制約が少ない宇宙機の場合、必要とされる強度と気密性さえ保たれるのなら、建て増しはふつうのことになる。その結果、つくりあげられるのがこんな感じの不細工な軌道ステーションだ。

コアになっているのは、球体のベースユニットである。動力装置と居住空間があり、そこがそのまま研究区画となった。コアの外周には、大型のドッキングポート、格納庫、戦士の宿舎、司令部などが組みこまれた。配置は行きあたりばったり。各ユニットをどんどんつなぎ、何がどこにあり、どう接続されているのかが誰にもわからない。移動には端末の誘導が必須で、それがないと必ず迷子になる。しかも、この誘導はすべて階級別だ。下級の戦士が重要区画に誘導されることは絶対にない。中級、上級の戦士、将校でも行ける区画は限られている。

「もちろん大将軍はどこにだって行けるのよ」

追いかけてくる戦士たちをひとまず撒いてから、ユリリは自分の端末をあたしに見せびらかした。これがあるので、安全に逃げることも可能だと言いたいらしい。

「ジャバーガはどうなの？」

あたしは訊いた。

「どうだっけ？」小首を傾け、ユリリはしばらく考えた。

「たぶん、いまのあいつは大将軍並みね」

あっさりと言う。

おいおい。ちゃんとジャバババーガも制限しておけよ。

なんて、おまぬーなやりとりをつづけているうちに、あたしたちは研究区画に着いた。

通路に大きな扉があり、ユリリが操作して、それをあけると、広いホール状の場所にでた。

ケイイとユリの姿はない。そういえば、あいつら、どこにいるんだろう。ちょこちょこ入っていた実況も、ここしばらくは途絶えている。きっととんでもない状況に陥っているんだろうな。まあ、がんばって切りぬけてきてもらいたいものである。

と、完全他人事モードにひたりながら、ナナーヤのいる研究室を探した。先に着いたほうが、時間を無駄にせず段取りを進める。これは暗黙の了解だ。仕事の鉄則でもある。

「あっちよ」

端末を手に、ユリリが言った。ホールの一角に扉があった。どうやら、そこが研究室への入口らしい。

「きたわよぉ、ナナーヤ」

ユリリがメッセージを送る。

扉がひらいた。ぐおんぐおんと低い音が響き、重々しく横にスライドする。見るからに頑丈な扉だ。

中に入った。

もうひとつ扉があった。それもひらいた。

「ケイ！」

ナナーヤがいた。あたしを見て手を振った。あたしとユリリが入ると、すぐに扉が閉まった。ユリリは紅蓮刀をかまえて、四方に目を配っている。

「装置、どこ？」

あたしは左右を見まわした。

「これだ」

ナナーヤが自分の足もとを指差した。

「どれ？」

「これだよ」

何か不格好な物体が、床の上に置かれていた。くすんだ灰色の物体で、かなり大きい。ひとかかえほどもある。

「ゴミ？」

ユリリが近づき、持ちあげようとした。

「重っ」

たしか黄金甲冑はパワーアシスト機能が付加されているはずである。しかも、〈ドビビータル〉の内部重力は〇・二Gしかない。それで重いってどういうことよ。

とりあえず、ユリリはそれを胸もとあたりまで持ちあげた。

それでわかった。

これは気密性作業着だ。要するに、ワークスーツ。ちょっとごつめの宇宙服である。当然、生命維持装置もついている。四肢だけに限定されるが、パワーアシスト機能も持っている。

「ここに保管されていたワークスーツをベースに改造を施したんだ」

ナナーヤが言った。

「もしかして、これハイパーリープ・コントローラー？」

あたしが訊いた。

「ああ」ナナーヤはうなずいた。

「そっちからもらった情報をもとにつくった。着用型のやつ。時間がなくて、パーツのほとんどがありあわせの部品流用だ。だから、デザインは無視するしかなかった」

無視しすぎよ。

「で、どうするの？　これをあなたが着て作動させるの？」

コントローラーをどんと床に置き直し、ユリリが訊いた。

「いや、使うのは俺じゃない」

「え？」

「俺は知らない世界になんか行かないぜ。地上に戻るんだ」

「本気？」

「もちろん。仲間と合流し、こっちの世界でＷＷＥに対する抵抗運動をつづける」

「地上って、どうやって行くつもり？」

今度は、あたしが訊いた。

「シャトルを奪う。あんたたちが派手に暴れてくれれば不可能じゃない。いまだって、〈ドビビータル〉は大混乱してるんだろ？」

「一応ね」

「わかったわ」ユリリが言った。

「このコントローラー、いますぐケイが着てよ」

「はあ？」

「これは必要としている人が着て使うんでしょ」ユリリは言葉をつづけた。

「ケイに確認しないとはっきりしないけど、あたしたちは、これを使わない。たぶん、ナナーヤと一緒に地上に降下する」

「ちょちょちょ、待ってよ。あたしがこんな不細工なもの着てあちこち動きまわるの？」

「ケイは自分の世界に帰りたいんでしょ」

「じゃあ、着るしかないじゃない。大丈夫よ、ここ重力小さいし、パワーアシストもついてるし」

「うん」

いや、そういう問題ではない。

「さっさと着ないと、永久に戻れなくなるわよ」

たたみこむように、ユリリは言う。

うぐぐぐ。

反論はできない。

やむなく、着た。

目をつぶって着た。ああもう、こんなことになるなんて。ユリぃ、どーしてナナーヤにラーヤナのつくったコントローラーを渡しておかなかった。あっちのほうがほんの少しマシだった。たしかに、あんなのを着て〈ドビビータル〉内部への隠密潜入なんか不可能だけど、でも、なぜ無理矢理にでも渡さなかったんだあ、と思いながら着た。

着てから、そおっと目をあけた。

だだだだ、だっさーーーーーい！

4

第二ラウンドは、予想よりもぜんぜん楽じゃなかった。

まず、わらわらわらと戦士の大群があらわれた。

ドッキングポートをでて、迷路のようにつながっている通路のひとつにもぐりこもうと考えていたのだが、その前に包囲されてしまった。

ざっとかぞえて、四、五十人。

なんで、こんなにいるのよ。って、〈ドビビータル〉には数千人の平戦士がいるんだよな。てえことは、これでも少なめなんだ。すごいわね、ババラスカ征服軍。と、うかつに感心しちゃったけど、あたしがその大将軍なんだよな。

「こいつら相手に暴れないといけないんでしょ」ユリが言った。

「でなきゃ攪乱にならないから」

なんか、うれしそうな口調である。ハードスーツとハンドブラスターとかいう大型火器を手に入れて、こいつ少し強気になっているらしい。お調子者め。これは絶体絶命って状況でもあるんだぞ。

「暴れるわ」あたしはうなるように言った。

「本気でやる。やらないと、やられる」

紅蓮刀の柄をぎゅっと強く握った。

「がんばれよー」

頭上からウウギーの声が降ってくる。

うっさい。

バシュッ！

いきなりすさまじい破裂音がほとばしった。

同時に、オレンジ色の火球が宙を切り裂く。

ぶわっ。その火球が戦士の前衛を直撃した。

炎が広がる。視界が真っ赤になる。悲鳴があがり、熱波があたしの頬をなぶる。

予告抜きで、だしぬけにハンドブラスターをぶっ放したよ。さすがはユリ。細かいことは、何も気にしない。

「でいいいいい！」

あたしも動いた。戦士たちの包囲網の中に飛びこんだ。

紅蓮刀を揮う。

文字どおり、当たるを幸い薙ぎ倒すって感じだ。やけくそともいう。こうなったら、斬って斬って斬って斬りまくるしかない。

バシュンバシュンバシュン。

ユリも、撃って撃って撃ちまくる。

戦士たち、けっこう強かった。ユリがかかえているブラスターなんて、ふつーは戦士といえどもビビりまくるわよ。こんな戦闘したことないはずだから。でも、強引に突っこんでくる。ちょっとでも狙いが外れたら、一気に間合いを詰めようとする。それをあたしが阻止する。が、押し寄せる命知らずの敵のすべてを蹴散らすなんてことは、いかに大将軍であるあたしでもできない。しかも、こいつら増えている。どっかから援軍がわいてでてきている。

くるなよ。援軍なんて。ケイとユリリもどっかにいるだろ。あいつらを放置しとくと、あとで困ったことになるぞ。だから、みんなあっちに行け。

じりじりじり。

ちょっとずつ、あたしたちは追いつめられていった。いくらがんばっても、こちらはふたりきり。どうしたって限度がある。

「ウウギー、なんとかしてよ」

天井を振り仰ぎ、あたしは叫んだ。

「そう言われてもなあ」

ウウギーは首をかしげて飛んでいる。

「やっぱムギを渡すべきじゃなかったのよ」ユリが言った。

「ウウギーなんて、かけらも頼りにならない」

「心外なことを」

ウウギーがむくれた。

「だったら、なんとかしてっ」

ユリは引かない。

「わかった」ウウギーが大きく弧を描いた。

「なんとかしてやる」

ばさばささばさ。

ウウギーが通路の奥へと飛び去った。

なに？

飛び去る？

「逃げるのおおお」

ユリが身をよじった。こら。そんなぶりっ子ポーズをしているひまがあったら、囲んでいる戦士をブラスターで撃て。まだ激しい戦闘中だぞ。

どん。

背後に固い触感があった。

壁である。

そう。迫りくる戦士の圧力に敗れ、あたしとユリはついに壁を背負った。ていうか、壁に背中がぶち当たった。

これって。

もはや、逃げ場がないってこと？

正面に戦士がいる。右手にも戦士がいる。左手にも戦士がいる。そして、うしろは壁。通路の頑丈な壁。黄金甲冑とスーパーハードスーツの強力コンビといえども、これを破壊するのは不可能だ。

「あ〜ん、もう！」ユリが悲鳴のような叫び声をあげた。

「ザザンガでもいいから、助けにきてよお」

物騒なことをほざく。こらこら。そんなの、本当にきたら、さらに厄介なことになるぞ。

どどどどど。

低い音が空気を震わせた。

どどどどど。

床が上下する。鳴轟し、足もとがぐらぐらと揺れる。

なにこれ？

まさか、ユリの願いが通った？　いや、そんなのありえない。それにザザンガは小型獣だ。大群で押し寄せてきても、こんな衝撃は伝わってこない。きっと別物だ。

どどどどど。

別物だよね？

つぎの瞬間。

あたしの視界が黒い影で覆われた。

通路のほぼ全体をふさぐような巨大な影。それが、ふいにあたしとユリの前に立ちはだかった。

「ぎゃあああああ！」

すさまじい悲鳴が四方にほとばしった。

戦士たちの悲鳴だ。

同時に鮮血が舞い散る。

腕やら足やらが、ちぎれて宙を飛ぶ。

影の正体は。

巨大な怪獣の群れだった。

ユリの願いは半分外れ、半分かなった。

きたのはザザンガではない。それよりもはるかにでかい。ザザンガの数倍に及ぶ巨体だ。この通路、けっこう広いし天井も高いのに、そいつらにとってはあきらかに手狭。

窮屈そうに、ちょっと身をかがめている。そんなのが、何頭もひしめき、咆哮をあげている。

ボボアダクだ。それも、超剣呑(けんのん)な大型獣。

クアララブ。ノルドド。そしてゴゴッタン。

みんな知ってるよ。地上に送りこむため、あたしが命令してつくらせた人工生物だから。

肉食で、凶暴で、とにかくでかい。おまけに強い。

なんで、こいつらがここにいるの？

「へ、間に合ったぜ」

ウウギーがきた。あたしの眼前に舞い降りてきた。

「どういうこと？」

いやな予感を胸に、あたしは低い声で訊いた。

「解放してやったんだよ」ウウギーは軽い口調で言う。「なに、大丈夫さ。ほんの十頭ほどだから。いくらジャババーガの精鋭部隊でも、こいつらには勝てない」

ばばばばば……。

「馬鹿ぁ！」あたしは怒鳴った。

「頭あるのか？　こんなくそでかいのを解き放ったら、どうやったって、うちらも巻きこまれるでしょっ」

「逃げればいいじゃん」

ばさばさばさとウウギーは翼をはばたかせる。

すぐそこでは、たしかに巨大怪獣が戦士の集団を蹴散らしていた。戦士たち、もはやあたしとユリを襲うどころではない。自分らの命があやうい。このままだと、ほぼ間違いなく皆殺しにされる。

「ウウギー、ボボアダクに言って。あたしたちには手をだすなと」

ユリが言った。

「無理」ウウギーは首を横に振った。

「この連中、知能が極端に低くて、話がまったく通じない」

「ケイイ、とにかく逃げよう」

ユリがあたしを見た。すがるようなまなざしだ。しかし、あたしは大将軍。敵にうしろ見せて逃げるなんて……。

くわっと大口をあけ、巨大怪獣の一頭があたしに向かってきた。

できる。

うしろを見せて逃げること、できる。いや、ここはもうそれしかない。何があっても、逃げる。その一手だ。

逃げた。相手は戦士じゃないわ。ボボアダクよ。ボボアダクが敵なら、戦略的撤退はありっ。恥でも、不名誉でもないっ！

ユリと一緒に走りだした。

全力疾走。わき目もふらず、通路を逃げる。

その直後だった。

ナナーヤから連絡が届いた。

「できたぜ。テストはしていないが、たぶん動く」

「そっちに向かうー！」ユリが叫んだ。

「それどこじゃないけど、でも、急ぐ。きゃあああああ」

ユリの声が悲鳴に変わった。あたしは背後を振り返った。

ユリの真うしろに、ゴゴッタンが迫っていた。

5

「シャトルに向かおう」

ナナーヤが言った。まだケイイとユリがこない。連絡もない。こりゃ、相当苦戦しているな。そう思う。

ナナーヤが扉をあけ、通路からホールへと戻った。不細工コントローラー、動くだけなら意外に快適である。パワーアシストと低重力のおかげで、すうっと流れるように歩が進む。頭部を覆うヘルメット内には立体映像が投影されていて、視界もほぼ三百六十度、見渡すことができる。これでかっこさえよければ文句を言わないんだけどなあ。

「こちらにおられましたか」

声が響いた。

この声。

ジャババーガだ。

どこだ？　どこにいる？

いた。ホールの向こう側。端っこのところだ。そこに、真っ赤な甲冑で身を固めた、巨漢の戦士が立っていた。

しかも、いるのはそいつひとりじゃない。その背後には平戦士が何人も控えている。

いや、違った。何人どころではなく、もっといる。何十人？　もしかして、何百人？

「ナナーヤが入りこんでいたか」赤い甲冑のジャババーガは言う。

「みごとにだしぬかれたわ。しかし、きさまらの行動は、少し前から捕捉できていた。

研究区画に向から不審者が、われらに捕捉できないとでも思ったか」

「思わないわよ」ユリリが言い返した。

「けど、なんとかなるって気もしてたのよぉ」

あああああ。

ユリリはユリだ。大将軍になっても、性格の基本はなんら変わらない。なぜ、この状況でこんなお気楽能天気発言ができるの？

と、思ったとき。

ユリリがあたしのほうを振り向き、薄く微笑んだ。

この微笑って。

なんか意味がある。

いったい何。

はっ。

ひょっとしたら。

あんた、このシーンを前に見ているのでは。

予知夢ってやつで。

ひいいいいい！

化学繊維を引き裂くような悲鳴が、ホールの空間全域に轟き渡った。

今度は誰よ！

小さな影がふたつ、ホールの中へと飛びこんできた。

あ、ケイイとユリだ。

ようやくきたよ。最悪のタイミングでね。

ユリは武装したハードスーツを着こみ、でっかいハンドブラスターを手にしている。

どどどどどどどど。

ふたりにつづいて、すさまじい地響きがやってきた。

え？　ケイイとユリだけじゃないの？

「逃げたほうがいいぞー！」

ウウギーがあらわれた。天井すれすれを飛び、あたしたちに向かって怒鳴った。

どどどどど。

ぐわぐわぐわ、どが〜ん。

ずざざざざ。

そこらじゅう擬音だらけになった。もう鼓膜が破れそう。なんなの、この騒がしさ。

壁が崩れ落ちた。通路が割れ、床にひびが入った。

ここここ、これは……。

ボボアダク。巨大な怪獣たちだ。集団でホールへとなだれこんできた。

ザザンガじゃないよ。もっとでかい連中。でも、なぜここにこいつらが？

「ウウギーが解放したのっ！」

ケイイが叫んだ。

「むっちゃ強くて歯が立たな〜ぃ！」

ユリも言う。

聞いてない。そんな話、いっさい聞いていない。

「遅れたのは、こいつらと追っかけっこしてたからなのね」ユリリが言った。

「わかるぅ。こんなの相手にしたら、逃げまわるしかない。実況だってできない」

ウウギーがあたしたちのほうに向かって急降下してきた。くちばしが動く。何か言っている。

これは。

ムギだ。ムギに呼びかけている。

「ぐるるるる」

ムギがあたしたちの前にでた。うなりながら身構え、牙をくわっと剝きだした。

背筋が凍るような殺気が周囲に撒き散らされる。黒い破壊者の威圧感、半端ない。背後にいるだけなのに、あたしの肌が粟立った。

ボボアダク、いきなり首を横にめぐらした。感じとしては目をそむけたって動作。ムギと視線を合わせることができない。ムギに向かって進むこともできない。恐怖の波動が、ボボアダクの群れを包んだ。

ボボアダク、歩を転じた。

いきなり向きを変えた。

直感したのだ。ムギはやばい。手をだすと、殺される。近づかないほうがいいと。

あらためて見ると、すぐ脇に手ごろな獲物がひしめいている。ジャババーガと、その配下の戦士たちだ。こいつらなら、どうってことない。餌として最適だ。襲いかかって、どんどん食っちゃおう。

ぐぎゃあああおお！

雄たけびをあげ、十頭あまりの大型ボボアダクが戦士たちに躍りかかった。

血しぶきが飛ぶ。嚙み切られた腕や足が床に転がる。

予想外の不意打ちで、戦士たちは逃げることもできず、超スプラッターな光景が、あたしの眼前で唐突に広がった。

「ちいっ！」

ジャババーガが剣を抜いた。

青い炎のエナジーブレード。

「殲滅刀（せんめつとう）だわ！」

ユリリが言った。

殲滅刀？

「甲冑を見て！」

ユリリはジャバババーガを指差す。

ジャバババーガは赤い甲冑を着ていた。真っ赤っか。真紅の甲冑だ。当然だが、パワーアシスト機構が仕込まれている。その挙措を見ればわかる。おまけに、装甲が尋常でなく厚い。

「いま気がついたけど、あれってタララキアンの専用武具よ。猛将甲冑だわ。間違いない」ユリリの声がかすかに震えた。「なぜ？　どうして？　なんでジャバババーガが殲滅刀を手にして、猛将甲冑を身に着けてるの？」

ずばあっ。

大口をあけ、ひと噛みにしようと迫ってきた一頭のノルドドをジャバババーガの殲滅刀が斬った。

「うぎゃっ」

ノルドドがのけぞる。喉だ。喉を断たれた。あの強靭な皮膚が、殲滅刀の一閃で深々と切り裂かれた。

「あうっ」あたしは息を呑んだ。

「なんか、あいつすごく強くない？」

「赤い猛将甲冑を着た戦士は黄金甲冑の戦士の三倍強いわ」

ユリリが言う。

マジかよ。

「でも、なんでそんなものをあいつが着ているの？」

あたしは独り言のようにつぶやいた。

「タララキアンが貸したんだわ」

返答が、あたしの背後から届いた。

「！」

振り向くと、そこにケイイとユリリが立っている。このふたり、ボボアダクが方向転換したため、無事にここまで逃げてきたらしい。

「タララキアンは神衛隊の参謀総長だったとき、この甲冑を神皇から下賜(かし)されたの。それをジャババーガに貸与したってわけ」

「なんで、そんなこと知ってるの？」

ユリリがケイイに訊いた。

「タララキアンとジャババーガのやりとりを盗聴したから。タララキアン、言ってたわ。

『捕縛の際は、あれを使え。許す。そのために、そちらに送っておいたのだ』とかなんとか」

「賭けにでたのね」

「たぶん。猛将甲冑を失ったら、神皇はタララキアンを更迭する。へたすると死刑よ。それをこんな辺境の地の一指揮官に預けるなんて、ふつーは考えられない。あいつ、どうあってもあたしたちを葬り去りたいんだわ」

「で、あんたはどーしてそんなみっともない恰好をしているの？」

今度はユリがあたしに訊いた。

うぎゃっ。

いちばん触れられたくない傷口をこいつは平気でえぐる。指を突っこんで掻きまわす。

「うっさいわね」吐き捨てるようにあたしは答えた。

「仕方ないでしょ。これを着ないと、もとの世界に戻れないの。苦渋の決断よ、苦渋の！」

「ナナーヤが着るかと思ってた」

「いや」ユリに向かい、ナナーヤが言った。

「さっきケイにも伝えた。俺は、この世界に残る。あんたたちの世界には行かない」

「あたしもそうよ」ユリリが口をはさんだ。

「もちろん、ケイイもね」

「わかってるじゃない」ケイイが小さく肩をそびやかした。

「そもそも、うちらとそっくりの連中がいる世界なんて、絶対に居心地が悪い。ましてやユリリがふたりになるなんて、全身の毛が逆立っちゃうわ」

「どーいう意味よ」

ユリリが眉間にしわを寄せた。しかし、それはつくった表情だ。あたしには、わかる。ユリもときどきやるから。

「じゃあ、とりあえずシャトルを奪い、みんなで乗っちゃいましょう」あたしが言った。

「ここから離れ、衛星軌道上であたしとユリは〈ラブリーエンゼル〉に移乗する。ケイイとユリリとナナーヤはそのまま降下し、地上に向かう。それでいいんじゃない？」

「俺もそっちには行かない。こっち側に残る」

ウウギーが割って入った。

「はいはい」

あたしは、おざなりにうなずいた。

「うみぎゃおう」

ムギが少し残念そうに啼いた。

6

ジャバーガとその戦士軍団vsボボアダクの群れという絶好の対決を横目に、あたしたちはホールを抜けて通路に飛びこんだ。

あとはもう一目散。

当初の予定どおり、シャトルが駐機されているポートへと向かう。もちろん、いちばん近いポートだ。

「下の人たち、びっくりしちゃうかもね」走りながらユリが言った。

「大将軍がふたり、いきなり亡命してきたら」

「なんとか説得するわ」と、ケイ。

「ナナーヤもいることだし」

「ああ、応援するぜ。強力な味方は、いくらでもほしい」

「いろいろすごい情報も持ってるのよ」ユリリが言った。

「反乱軍（レオタタ）にいる内通者の正体とか」

「やっぱり、そういうやつがいたのね」あたしが叫んだ。

「どうりで地下基地や〈ラブリーエンゼル〉がピンポイントで狙われたはずよ。あんときは、すごくあせったんだからあ」

「そういう話は下ですべて語ってもらう」ナナーヤが言った。

「そうでなくては、誰も大将軍だったあんたたちを受け入れない」

ポートに着いた。近いといっても、けっこう距離があった。しかも、途中でザザンガの集団と遭遇してしまった。ここはウウギーの出番だ。……と思ったが、今度はだめだった。ザザンガ、めちゃ興奮している。説得が利かない。ていうか、ウウギーの言葉を聞こうともしない。有無を言わさず襲いかかってくる。

やむなく応戦した。ナナーヤをあたしが守り、甲冑やハードスーツで身を鎧っているケイイ、ユリリ、ユリ、そしてムギが群れの中へと果敢に突っこんだ。

時間を浪費したが、なんとかザザンガを撃退。ポートへと入った。

シャトルがある。戦士軍団はいない。船体は、見た目一応無傷だ。

あとは乗りこんで発進するだけ。それで、この修羅場ともおさらばだ。

しかし。

だめだった。

そんなにうまく事は運ばない。

ジャババーガがいた。

えっ、ジャババーガ？

なんでよ？

三倍強い真紅の甲冑に、青い炎の殲滅刀。

すっくと立ち、シャトルの前でこれ見よがしに胸を張っている。

本当に、ジャバーガだ。

おまけに。

その周囲にはボボアダクもいた。ノルドドが二頭に、ゴゴッタンが一頭。さらには、ザザンガが六頭。

げげげげげ。

あんたがきているだけでなく、どーしてそんなものまで引き連れてくるのよ。

「やはり、ここにきたか」

陰々滅々とした声で、ジャババーガが言った。

やはりって、どういうこと？

「逃げるところが見えた」ジャババーガはつづけた。「ならば、行先はすぐにわかる。地上だ。ケイ、ユリリ、きさまらが頼る先は、もはやレオタタしかない。WWEを裏切り、反乱軍にすり寄る。慈悲を願い、命乞いをする。そういう見苦しいまねをするほかないくそどもだ」

うえ、そこまで言うの。

「そこまでわかれば、あとは容易。シャトルが駐機されているいちばん近いポートに先まわりすればいいだけのことだ。で、きてみれば案の定。のこのことあらわれた」

「部下の戦士はどうしたのよ」ケイイが言った。

「まさか、見捨ててきたんじゃないでしょうね」

「かれらは口々に叫んだぞ。裏切り者を殺してくれ。自分たちがボボアダクを食い止める。だから、卑劣なくそ大将軍を地獄に落としてきてくれと」

「食い止めてないじゃん」ユリがボボアダクを指差した。

「そう言ったんなら、ちゃんと食い止めさせてよ」

いや、ユリ。問題はそこじゃない。

「で、どうする気？」ユリリがジャババーガに向かって訊いた。

「たったひとりで、あたしたちを倒すの？」

「もちろんだ」ジャババーガは殲滅刀を正面にかまえ、大きくうなずいた。

「きさまらなど、剣技では俺の敵ではない。妖力で神皇陛下をたぶらかすことはできたかもしれぬが、俺には無理だ。いっさい通用しない」

がううと、ボボアダクたちがうなった。ジャババーガを追ってきたこいつら、ここにきていきなり獲物が増えたので、様子をうかがっている。散開し、どいつから食ってやろうかって感じだ。

「ちちちち」

甲高い声でザザンガが啼いた。その声に大型獣が反応し、あたしたちを囲んだ。

「ぐるっ？」

ムギがあたしの横に並んだ。牙を剝きだし、こいつらまとめて片づけちゃうけどいいかって訊いている。

「怪獣どもはムギにまかせるわ」ユリが言った。

「あたしたちは、赤いジャババーガが本当に三倍強いのか、たしかめる」

ユリ、やけに強気な態度で言った。これは、ぜんぜんいつものキャラじゃない。ユリは鋭いまなざしでジャババーガを睨みつけている。スーパーハードスーツを着てブラスターを手にしたからか、高揚してしまったらしい。

「たしかめるっていいわね」ケイイが前にでた。

「三倍強いんだから、三対一でもオッケイでしょ」

「ずったずたにしてやるんだからあ」

ユリリは、もう紅蓮刀を振りかざしている。

本気だよ、こいつら。でも、あたしは乗らない。あたしにはこの不細工なコントローラーとナナーヤを守るという重要任務がある。そっちに専念したい。

ユリ、ケイイ、ユリリが前に進んだ。ムギもうっそりと動き、ボボアダクに向かって間合いを詰める。

すごい緊迫感。なんか、マジにクライマックスって感じ。これを傍観してるだけでいいあたしって、なんか超お得な気分。

なんて思っているあいだに。

「でえええええ！」

ジャババーガが突っこんできた。

殲滅刀の先にいるのは。

ケイイだ。先手必勝。まずはケイイからだ。大将軍のひとりを一気に切り捨てる。

「ガキーン！」

紅蓮刀と殲滅刀の燃える刃が華々しく嚙み合った。炎が散る。ともにエナジーブレードだから、音はしない。でも、気分で擬音を入れる。あたしが口で言う。

「ガキーン！　ガキーン！　シャキーン！」

すさまじい打ち合いになった。ケイイ、意外にもやるじゃない。ぜんぜん打ち負けていない。

「とあっ！」

ユリリがケイイの背後から飛びだした。紅蓮刀をまっすぐに突きだし、ジャババーガの胸もとを狙った。

「ふんっ！」

ジャバーガが殲滅刀を振った。横に薙ぎ、ユリリの紅蓮刀を払った。

「バッシューン！」

あたしの擬音も冴えわたる。

「はっ！」

ケイイが体を沈め、ジャババーガに迫って、その膝めがけ斬りかかった。

「チャウーーーン！」

殲滅刀が、必殺の一撃を受ける。おお、みごとな手首の返し。ジャババーガ、強い。

「あーーーん、出番がない」

ユリが言った。

そりゃそうだね。ケイイとユリリが至近距離でジャババーガ相手に派手な剣戟を繰り広げている。そこにブラスターをぶちこんだら、大惨事だ。三人まとめて黒焦げになりかねない。さすがのユリも、トリガーボタンを押せないでいる。ふだんは他人の安否など、小指の先ほど気にすらしないやつでも、自分の分身みたいな存在がいるとなると、ためらうことになるらしい。

あたしはムギにも目をやった。

ムギは瞬時に屠ってしまおうと考えたのか、「がおん」と一声吼えて、ボボアダクの

YAS.

中に躍りこんでいた。

ところが。

ボボアダクが逃げた。

ムギのとてつもない殺気を、肌で感知してしまったのだろう。完全にびびっている。おまけにザザンガが仕切っているから、正面対決を避ける。逃げるタイミングや方向を指示までしている。だから、ムギのスピードでも、うまく捉えられない。

「ボボアダク、どうした!」あたしが叫んだ。「正々堂々と戦え! 巨大怪獣としての誇りはないのか」

「うぐるるる」

ムギがいらだちの声をあげた。これは珍しい。こんなことはほとんどないよ。

軽くジャンプした。とびかかると見せかけ、いったん着地する。フェイントだ。直後に、ムギはひらりと反転した。

そこに二頭のボボアダクがいる。ノルドドとザザンガだった。

この攻撃を、二頭はかわせない。

「ずしゃっ! ぐぼっ」

ムギの爪が、二頭のぶ厚い皮膚をあっさりと切り裂いた。

「ぶぎゃあああ」

悲鳴があがる。血しぶきが噴出する。

ザザンガは首筋を。でかいノルドドは脇腹をえぐられた。

どうと倒れる。ザザンガがひっくり返り、その上にノルドドの巨体がのっかった。

「ひいいいい」

これでまた、ボボアダクがおびえた。まともにやって勝てる相手ではない。そう悟った。

いっせいに後退し、ムギから離れた。

7

目をジャババーガに戻した。

ちょうど戦況が変化するときだった。

丁々発止と剣を打ち交わしていたケイイとユリリがいったん退き、距離をとった直後に、ユリがジャババーガの足もとへとブラスターを発射した。直撃ではなく、至近弾を狙ったのだ。

「どばーっしゅっ！」

火球が床の上で炸裂した。炎にあおられ、ジャババーガが体勢を崩した。そこに、ケイイとユリリが左右から襲いかかった。

ユリリが一撃をかます。それをジャババーガはよろめきながらも殲滅刀で受けた。

ケイイがくる。ジャババーガは反転できない。完全にバランスを失っている。脇ががら空きだ。

「ずばっ！」

ケイイの紅蓮刀が一閃した。

「キーン！」

金属音が響き渡る。って、あらためて言っておくが、これはあたしが発声している擬音ね。臨場感を伝えるためのサービスよ。

「うがっ」

ジャババーガの口からうめき声が漏れた。

裂いたのだ。赤い甲冑の一部を紅蓮刀の切っ先が。

三倍強い甲冑でもこの攻撃は跳ね返せなかった。

「でええぇいっ」

すかさずユリリが体をひるがえした。床を蹴り、飛んだ。紅蓮刀をまっすぐに突きだした。これはもう、ほとんど体当たりだ。

「ざしゃっ！」

脇腹というか背中というか、とにかくそのあたりだ。そこにユリリが命中した。紅蓮刀ミサイルだね。炸裂はしないけど。

「ぐおおっ！」

ジャバババーガが上体をひねって、ユリリを振り払う。ユリリ、床に落ちて、膝でつーーーっと滑った。

赤い甲冑から火花が散っている。内部に組みこまれた補助動力装置がショートしているらしい。つまりは、そこをユリリの紅蓮刀に貫かれたのだ。

「がふっ」

ジャバババーガが血を吐いた。おお、かなりのダメージだ。甲冑や皮膚、筋肉だけでなく、内臓も明らかに傷ついている。

「諦めなさい」ケイイが言った。

「勝負はもうついた。いま、ユリがブラスターを撃ちこんだら、おまえは即死だ。その赤い甲冑でも防ぎきれない。武器を捨てて投降したら、命は助けたげる。殺したりしない」

「ほざけ」歯嚙みをし、ジャバババーガは答えた。

「戦士は命乞いなどしない。殺したければ、殺せ。俺は最後までたたか……」

言葉が最後までつづかなかった。

予想外のことが、そのとき起きた。

ムギに気圧され、おびえてうしろにさがっていた怪獣どもが、これならなんとかなると思った餌を見つけた。

ボボアダクだ。

負傷し、弱った人間だ。

冷凍睡眠から醒めたばかりのボボアダクは、とにかく腹を減らしている。飢えていて、口に入るものなら、なんでも食べたい。だから、ジャバババーガを追って、ここまでやってきた。

その獲物が、ようやく食いごろになった。ムギなんて化物を相手にしなくても、大丈夫。こいつなら食える。

「ぐわおおおおお!」

高らかに咆えて、ゴゴッタンがジャババーガに背後から襲いかかった。

巨大な口がジャババーガをくわえこむ。

「!」

一瞬の出来事だった。鋭い牙が赤い甲冑に食いこみ、ジャバババーガのからだが宙に浮いた。これが生身の人間なら、一噛みで肉片と化しているところだが、そこは赤い甲冑の威力だ。簡単にはつぶれない。砕けることもない。

ジャババーガが殲滅刀を振りまわした。しかし、この体勢ではどうあがいてもゴゴッタンには届かない。

牙が少しずつジャババーガに突き刺さる。ゴゴッタンのあごの力と赤い甲冑とのむごいせめぎ合いだ。ううう、どう考えても一噛みで死ぬよりこっちのほうがいやだよ。間違いなく痛い。絶対に苦しい。

「くっ」

ジャババーガが大きく目を見ひらいた。左手を頭上に挙げた。何か握っている。あらたな武器？　いや、違う。端末装置みたいな感じだ。

指が動いた。キーを打ちこんだ。そんなふうに見えた。

「終わりだ！」

とつぜん、ジャババーガは叫び声を発した。

「俺は、ここで終わる。だが、それはきさまらも同じだ。いま、すべてが終わる」

そして首をめぐらし、ジャババーガはケイイとユリリを見た。

「WWE、万歳！　神皇陛下に栄光あれ！」

「ぐしゃっ！」

ゴゴッタンがジャババーガを赤い甲冑ごと噛み裂いた。

鮮血が四散し、ちぎれた腕とともに殲滅刀が弧を描いて宙に飛んだ。

「がおん！」

黒い影が、あたしの視界をよぎった。

ムギだ。

ムギがゴゴッタンに向かい、飛びかかった。いや、ゴゴッタンだけではない。ムギの標的は、そこにいるボボアダクすべてだった。ボボアダクたちの意識はジャバババーガのなきがらに集中していた。ゴゴッタンひとりに餌を独り占めされたらかなわない。空腹なのは、みな同じである。俺たちにも分け前をよこせ。そう思っている。

ゴゴッタンはもちろん、ノルドドもザザンガも、ジャバババーガというごちそうに気をとられ、もっとも危険な敵であるムギの存在を一、二秒ほど忘れていた。

ジャバババーガをくわえたゴゴッタンの首が皮一枚を残して、ムギの爪にざくっとえぐられた。

ムギは空中で反転する。

その眼下には、まだ三頭のボボアダクが集まっている。

ムギは、その三頭を連続して屠った。

「がしっ。ばしっ。ずしゃっ！」

擬音のバリエーションが尽きちゃうよ。

あっという間だった。まばたき一回くらいかな。

ゴゴッタンにつづき、ノルドドとザザンガの二頭が血まみれの肉塊と化した。

残るはザザンガだけだ。あと二頭。こいつらはぎりぎりでムギの攻撃をかわした。

かわしたけど、その前にはケイィとユリリとユリがいた。

紅蓮刀が閃く。

ブラスターが轟音を響かせる。

斬られ、裂かれ、灼かれて、ザザンガ二頭は絶命した。

「よっしゃあああ！」

あたしはガッツポーズをつくった。

これでもうここに邪魔者はいない。

と思ったとき。

けたたましく警報が鳴った。

警報？

あによ、それ？

ケイィの端末から人工音声が流れた。妙に平板で、冷静で、機械的な声だった。

「〈ドビビータル〉の自爆を承認。すべてのハッチを閉鎖し、七十バルル後に主動力区画を爆破、〈ドビビータル〉を破壊、消滅させる」

なななな、なんですってぇぇぇ！

「どーいうことなの、これ？」

あたしはケイイに向かって訊いた。

「さっきジャバババーガが握っていたやつよ」ケイイが言った。

「あれが〈ドビビータル〉の自爆スイッチだった」

「七十バルルって、うちらの標準時間で百九十八分じゃない」ユリが言った。

「あんまし余裕がない」

たしかにそうだ。ユリにしては、まともなことを言う。シャトルが〈ドビビータル〉の自爆に巻きこまれないためにはそれなりの距離を置く必要がある。もたもたしてたら、三時間なんてすぐだ。いや、ぜんぜん足りない。

あわててシャトルに乗りこんだ。ユリはハードスーツを脱ぎ捨てた。あたしも、コントローラーを脱ぎたかった。こんなださいもの、いつまでも着ていたくない。でも、脱げない。脱いだら、もとの世界に帰れなくなる。

にしても、狭いシャトルの通路での移動がたいへんだ。あちこちひっかかる。曲がり角でつっかえる。

コクピットに入った。ケイイとユリリがコンソール前のシートに着いた。操縦するのはケイイだ。ユリはナビゲータシートにもぐりこんだ。ナナーヤにも予備シートが与えられた。

　しかし。

　コントローラー姿のあたしは、どこにも腰かけられない。

　仕方がないので、床に転がった。ムギが横に寝そべり、支えてくれた。最悪だよ、これ。人間の扱いじゃないよ。

　なんて、泣き言は言ってらんない。

　発進だ！

　こっから逃げる。まずは、それだ。

　が、だめだった。

　発進できなかった。逃げられなかった。

　ポートのハッチだ。ハッチがひらかない。閉じたままだ。ケイイが何をどう操作しても反応してくれない。ぴくりとも動かない。

　本当に閉鎖しやがったんだ、ジャバーガのやつ、すべてのポートを。

「なんとかしてよっ」あたしは怒鳴った。

「大将軍なんでしょ！」

「無理っ！」悲鳴のような声で、ケイイが言った。

「解除命令をシステムがいっさい受けつけない。大将軍権限も無視されちゃう」

「だめなものはだめなのよねー」

独り言のようにつぶやき、ユリが肩をすくめた。

8

「外からぶち破ろう」ユリが言った。

「〈ラブリーエンゼル〉に攻撃させるの。どーせ、このステーション、自爆しちゃうんでしょ。だったら、そこらじゅうミサイルとブラスターで撃ちぬいちゃっても、どうってことない」

うーん。

どうってことあると思うけど、それは悪くないアイデアだ。このポートを直撃さえしなければ。

あたしは〈ラブリーエンゼル〉に指示を送った。

〈ドビビータル〉に再接近し、ミサイルを発射。このポートの周辺の外殻を破壊しろ。

………。

しばし待った。時間に制約があるので、ちょっとじれったい。でも、待つしかない。

あーん、もうさっさと撃てーっ！

と叫びそうになったとき。

どどどどーーーーん！

すさまじい衝撃がきた。

轟音が響き、シャトルがぐらぐらと揺れる。あたしが擬音をつける必要もない。

どかどかどおおおん。

ぐらぐらぐらっ。

突きあげるような上下動。床にただ寝ているだけのあたしは、ぴょんぴょん跳ねている。ムギが前肢で押さえてくれるが、ぜんぜんだめ。右に左に飛びまわっている。

シャトルの外で、風が渦を巻きはじめた。スクリーンに目をやると、壁に大穴があいているのが見えた。そこから宇宙空間に流出する空気が、渦の源だ。

よしよし。ミサイルだけでぶち抜けた。ブラスターを使わなくてすんだ。あれ使っていたら、たぶんシャトルがやばかった。

どどっどどっどわーん。

壁がさらに崩れた。穴が大きく広がった。破片はすべて外に向かって吸いだされていく。だから、こっちには飛んでこない。

「オッケイ、あれなら通れる」

ケイイが言った。

あらためて。

発進。

シャトルが浮上した。激しい風で船体が流される。それを姿勢制御ノズルの噴射で強引にねじ伏せ、穴へと向かう。

がんがんがん。

飛び交う瓦礫やちぎれた建材なんかがシャトルの外鈑に当たる。そのたびに背筋が冷える。

抜けた。無事に穴を抜けた。宇宙空間にでた。

脱出、成功。

「やったあ！」

コクピットで、あたしたちは躍りあがった。

急いで〈ドビービータル〉から離脱する。

〈ラブリーエンゼル〉を捕捉した。加速して近づく。時間勝負だ。すでに一時間ほど浪費した。でも、大丈夫。いまならまだ間に合う。

シャトルが〈ラブリーエンゼル〉に並んだ。ドッキングチューブを伸ばした。規格が違っているけど、なんとかなるか？

がしゃんがしゃんごしょん。

なんとかなった。ちょっと無理矢理だったが、つながればそれでいい。

「お別れね」ユリがナビゲータシートから立ちあがった。

「いろいろあったけど、いまとなったら、まあおもしろかったんじゃないかな」

あたしもムギに手伝ってもらって身を起こした。

「WWEに負けず、がんばって生き抜くのよ」

ケイイ、ユリリ、ナナーヤに向かい、手を振った。不細工なコントローラーのおかげで、手、振りにくいけど。

「無事に帰れることを祈ってるわ」

ケイイが言った。

「また、いつか」

ユリリは物騒なことを言う。やだよ。こんな世界、もう二度ときたくないよ。

「楽しかったぜ、相棒」

ウウギーはムギの頭上をくるくるとまわった。

「うみぎゃ」

ムギは肩の触手をうねうねと動かした。

「コントローラーの作動、ふたりでできるのか？」

ナナーヤが訊いた。

「大丈夫。もうラーヤナの治療が終わっているはず」

「生きてればね」

ユリが口をはさんだ。

「生きてるわよ。案ずることない。生きてるはずで、治っているはず。だから、〈ラブリーエンゼル〉に移ったところで叩き起こす。起こして、コントローラーを起動させる」

「そのコントローラー、一部の機能が〈ドビビータル〉のメインマシンと連動しているんだ。起動は必ず自爆前にやれとラーヤナに伝えてくれ」

ナナーヤが言った。

え、そうなの！

あたしの顔がひきつった。それやばいわよ。そういうの、もっと早く言ってよ。だったら、こんな別れの挨拶をのんびり交わしてる場合じゃない。

あわてて、ユリ、ムギとともにコクピットから飛びだした。

ドッキングチューブ経由で〈ラブリーエンゼル〉に移乗。

同時にドッキングチューブが切られ、シャトルが地上へと向かった。

すべて順調だ。なんの問題もない。ないから、ちょっと不安になる。こんなに平穏に事が運ぶはずがない。絶対に何かが起きる。でも、絶対に起きてほしくない。

操縦室ではなく、メディカルルームに直行した。

治療カプセルをあけ、ベッドに横たわっていたラーヤナを引きずりだした。げ、素っ裸だ。忘れていた。放りこんだときはぼろぼろのスペースジャケットを着ていたのだが、AIが治療する際に脱がせて裸にしてしまったのだ。

「うみぎゃ」

ムギが新しいスペースジャケットをくわえて、持ってきた。おお、ムギ、すごい。頭いい。賢い。気が利く。ユリの比じゃない。

「ここは……どこだ？」

覚醒して目をひらいたラーヤナが、あたしに訊いた。

「どこでもいいわよ」あたしはぱんぱんぱんとラーヤナの頬を平手で打った。

「こいつをさっさと着なさい」

スペースジャケットを押しつけた。

わけわからないまま、ラーヤナはもたもたと動き、スペースジャケットを身につけた。

でも、まだぼおっとしている。

「しゃきっとしろ」あたしが叱りつける。

「非常時なのよ。寝ぼけてるひまなんてないのよ」

「な、何があったんだ？」

「あんたは火傷したの」ユリが言った。

「それをあたしたちが治してあげたの。感謝するのはあとでいい。あとでいいから、先にこのコントローラーを作動させて」

「コントローラー？」

ラーヤナのうつろなまなざしが、あらためてあたしを見た。

「なんだ、このゴミの塊は？」

「ゴミじゃねえ」あたしはラーヤナの頭をひっぱたいた。

「ハイパーリープ・コントローラーだ。ナナーヤに急いでつくってもらったの。だから、少し不細工だけど、中身はあんたがつくったのと同じ。本物のハイパーリープ・コントローラー！」

「嘘だ。ありえない」

「嘘じゃないっ！ ありえなくもないっ！」

あたしはもう一度、ラーヤナの頭をひっぱたいた。くっそー、こんなつまらないことで、どんどん貴重な時間が食いつぶされていく。いま、それどころじゃないってことを、早く理解しろ。

「本当に、これはコントローラーなのか？」

ラーヤナは、まじまじとあたしを見つめた。

「本当よ」あたしは大きくうなずいた。

「でもって、詳しい説明はあと。とにかく時間がないの。だから、すぐに起動させて。一刻も早くハイパーリープする」

「ちょっと待て」

「待てないっ！」

「待つんだ」ラーヤナはつづけた。

「ここは異世界(ミリアド)のはず。ようやくくることができたミリアドだ。ここでコントローラーを起動させたら、ぼくたちはもとの世界に戻ってしまう」

「だから、戻るのよ。いますぐ」

「いやだ。それはできないっ」

「やるの！」

ユリがレイガンをとりだした。その銃口をラーヤナの鼻先に突きつけた。

「つべこべ言っている状況じゃないってこと、理解してくれない？　いまはもう生きるか死ぬかってときよ」

「ここまで、けっこう無駄に時間を使ってしまった」あたしが言った。

「時間は残り三十分。超特急で起動させないと、脳みそぶち抜くわ」

あたしは、ラーヤナを凝視した。もちろん、ユリも睨みつけている。トリガーボタンにかかった指が細かく震え、いまにも押してしまいそうだ。

無言の時間が数秒。

「やります」

ラーヤナが言った。

「手間とらせないでよ」

ユリがレイガンを降ろした。ぶち切れたユリほど怖いものはこの世に存在しない。ラーヤナも、それを思い知ったことだろう。

そして。

作業がはじまった。

9

少し手間どった。まったく同じにつくられたとはいえ、これは異世界の技術でつくられた別製品だ。細部に異なる回路があったりする。それをひとつひとつ確認して、慎重に起動させる。それがラーヤナの仕事だ。

時間があっという間に過ぎる。ああもう、やきもき。間に合わなかったら、本当にぶち殺すよ。

コントローラーのスイッチが入った。

とつぜんだった。

光が生じた。

見覚えのある、この無数の細かい光。激しく乱舞し、渦を巻いている。

きたあああ！

光に色彩が加わった。微妙に変化する色の過流。まるで、何かの生き物のようだ。

円盤が出現した。

直径一メートルくらいの光の円盤だ。

扉である。あたしたちの世界につながる希望の扉。虹色の光に彩られ、燦然ときらめいている。

「五秒前」

ユリが甲高い声で言った。

〈ドビビータル〉自爆までの時間だ。問題ない。爆発する前に起動した。ぎりぎりだけど、セーフだ。

「四、三、二、一……」

メディカルルームの壁の一角がスクリーンになっていた。そこに、〈ラブリーエンゼル〉のメインスクリーンから転送した映像を表示させている。真っ暗でほぼ何も映っていないように見えるが、その真ん中に〈ドビビータル〉がある。

スクリーンが光った。

真っ白になった。完璧なホワイトアウトだ。

直後。

どおおおおおおん。

衝撃波がきた。〈ラブリーエンゼル〉がぐらっと揺れた。すさまじい突きあげがくる。

虹色の光が波打った。大丈夫か？　おい。この衝撃、時空間トンネルに何か影響しないか？

光の円盤が大きくなった。

とつぜん成長した。

うあ、これは前んときと違う。もっとゆっくりと大きくなったはずだ。

光に包まれた。まばゆい光の塊が、あたしたちを一気に飲みこんだ。

これって正常動作だよね。頼むぅ。おかしなことにならないで。

祈る間もなく、視界が歪んだ。あ、なんか、前と似ている。七色の光が帯状に流れて、どんどん混じり合っていく。これも、同じだったような気がする。こんなことが、たしかあったよ。

光が白くなった。

純白の世界がくる。そうだった。色がすべて抜けるんだ。すごいデジャブ感。コントローラー、ちゃんと動いている。

重力が消えた。

白い空間での浮遊感覚が、あたしの全身を覆う。

肉体が消滅し、意識だけが光の中を漂う。

この時間がつづく。

えんえんとつづく。

ぽん。

暗転した。

光が消え失せ、闇がきた。

二度目だから、ぜんぜんうろたえない。光はすぐに戻る。

戻るはず。

戻れ！

戻った。

まずは淡い光。色彩はさまざま。その光が少しずつ濃くなっていき、景色を形成していく。

視界がはっきりした。

あたしの目の前は。

黒い。

え、まだ闇の中？

「くぉーん」

ムギの啼き声が聞こえた。

ムギ？

あ、この黒いのはムギだ。ムギのでかい顔が、あたしの眼前にある。ムギが、あたしの顔を覗きこんでいる。

ちょっとぉ、まぎらわしいことしないでよ。あたしのこと心配している気持ちは、わかるけどさ。

あたしは上体を起こした。

「うぅーん」

横にユリが倒れていた。

ラーヤナもあお向けにひっくり返っている。

「いったーい」

腰でも打ったのか、顔をしかめながら、ユリが起きあがった。

「帰ってきたはずよ」あたしは言った。

「操縦室に行こう」

「ラーヤナ、どうする？」

ユリがあごをしゃくった。ラーヤナ、意識はあるみたいだが、立ちあがれない。

「ムギ、こいつを背負ってきて」

「がおん」

話がまとまった。

とりあえず、あたしはコントローラーを脱いだ。もういいでしょ。ハイパーリープは終わったの。うまくいったかどうか、確認してなくても終わったの。こんな不細工スーツ、あと一秒たりとも着ていたくはない。

操縦室に移動した。

あらためて、メインスクリーンに映像を入れた。まずは操船システムのチェックをおこなう。〈ラブリーエンゼル〉、時空間移動時にいったん動力が停止したらしく、システムの再起動が必要だった。

映像はちゃんと映った。レッドアラートはひとつもない。各機能の動作異常は皆無だ。

「ああ、帰ってきてしまったのか」ラーヤナが言った。

「ハイパーリープしたのに、ぼくはほとんどミリアドを体験できなかった。何も見ていない。何も味わってない。何も聞いていない」

「そーでもなかったわよ」ユリが言った。「けっこうやばい目に遭って、逃げまわったりしたはずよ」

「あんなの、体験じゃない」

あたしは主操縦席に着いた。ラーヤナには付き合ってらんない。ひとまず無視する。そんなくだらない話をしている前にやるべきことが山のようにあるのだ。

ユリが副操縦席に入った。コンソールに手をかざし、操作する。

メインスクリーンの映像が変わった。

鮮やかな青色がドーンと広がった。

この色は？

海だ。空じゃない。海がスクリーン全体を覆っている。

いや、それって。

「〈ラブリーエンゼル〉、垂直降下中」ユリが言った。「あと二十秒で海面に突入」

わわわわわ。

超あせった。反射的に操縦レバーを握り、必死で手首をひねった。

ぐぐぐぐ。

姿勢制御ノズルが噴射しまくって、船体を持ちあげた。

とにかく水平飛行だ。九十度転針。

水しぶきがあがった。ソニックブームが海面を割った。高度は約三百メートル。ほぼほぼ墜落という状況だった。でも、もう大丈夫。高度をあげる。

「どこなんだ、ここは？」

あたしの横に、ようやく動けるようになったラーヤナがきた。なんか、期待している光がその瞳の中にある。

そう。予想に反して、〈ラブリーエンゼル〉は宇宙空間ではなく、惑星の大気圏内にいた。

問題は、この惑星がどこなのかということだ。

ダバラットか？

ババラスカか？

後者なら、あたしは暴れる。ブフスターの火球と、ミサイルの雨を降らせる。惑星全土を灼き尽くす。根こそぎ黒焦げにする。地表をクレーターで埋め尽くす。

通信が入った。

回線をひらいた。

「貴船に問う」低い声が言った。「どこの船だ。船籍を告げよ。拒否する場合は攻撃する」

あばばばば。

いきなりの最後通牒じゃない。

「WWWAよ」あたしは叫んだ。「船名は〈ラブリーエンゼル〉。乗船しているのはトラブルコンサルタントのユリとケイ。ぜんぜん怪しくない。すごくまっとう」

「WWWAだと？」

「そっちは誰？」

「ダバラット宇宙軍、首席管制官のトビノフだ」

「船籍信号送ったわ。確認してよ」

ユリが言った。

「船籍を確認」トビノフが応えた。「攻撃はしない。だが、貴船はいっさいの申請なく、ふいにダバラットの大気圏内にあらわれた。これは異常事態だ。WWWAのトラコンといえども、その理由と状況の説明を要求する」

理由と状況の説明。

ええと。

それは……。

どうしよう。

説明なんてできない。正直に話しても、絶対に疑われる。信じてもらえる確率はゼロ。
それどころか、また不審者扱いされ、攻撃される可能性がある。
でも。

でも……。

帰ってくることができた。

ここはダバラットなんだ。異世界じゃなかった。ババラスカじゃなかった。間違いなく、あたしたちの世界だ。

と喜び、諸手をあげてはしゃごうとしたとき。

またもや光が舞い散った。

虹色の光だ。

操縦室いっぱいに広がった。

10

え、虹色の光？

何が起きたのか理解できず、あたしは茫然となった。

「ケイ、あれ！」

ユリがスクリーンを指差した。

見ると、そこにも虹色の光がある。

それって、もしかして操縦室だけでなく、船外にも光がはみだしているってこと。

いや、違った。

はみだしているのではなかった。虹色の光の本体は〈ラブリーエンゼル〉の船外にあった。

スクリーンに映っていた青空が瞬時に色を変えた。七色の光に覆われ、それが踊るように流れはじめた。

この光の乱舞は。

ユリが映像をつぎつぎと切り替えた。この現象って、あれでしょ。でもって、本当にあれなら、あいつがどっかにあるはずだ。

あった。

空の一角だった。ほとんど真上。

そこに虹色の光を放つ円盤があった。まごうことなきそいつは、時空間トンネルの出入口。

まさかとは思うけど、まさかなのね？　ああ、頭が混乱して、何を言いたいのか、自分でもわからない。

円盤が成長した。いきなりでかくなった。

色が失せ、光は真っ白になる。

円盤が広がる。ぐんぐん大きくなる。白い光が強い。

爆発した。光が天空全体に拡散した。音はない。衝撃もない。ただただ白い光がそこにある。

ああ、すべてが純白。

って、これももろにデジャブだ。

今度はなんなの？　何が起きるの？

ふうっと暗くなった。

はあ？

暗くなるぅ？

漆黒の影が白光を覆った。これは予想外の事態だ。新パターンかしら。

などと言っているばやいじゃない。

黒いのは、丸い物体だった。本当は黒くないと思うのだが、逆光なので真っ黒に見えた。で、こいつは巨大な球体だった。

白く輝く光の時空通路から飛びだしてきた黒い大型球体。ってのが、その正体である。

いやな予感がした。

背筋がざわついた。気持ちの悪い汗が流れた。

その予感は的中していた。んもう、なんでこのこともクレアボワイヤンスにでてこなかったのよ。知ってたら……知ってたら、ダバラットへ戻ってくるなり、さっさと逃げて完璧に無関係を装ったのに。

球体は、〈ドビビータル〉のコアユニットだった。

そう。例の研究区画だ。〈ドビビータル〉が自爆したとき、時空間トンネルに転げ落ちた。そして、そのままこっちの世界へと転移してきた。

段取りは、こんなふうだったのかしら。

まず、コントローラーが作動した。その直後に〈ドビビータル〉が自爆した。爆発したとき、時空間トンネルはすでにひらいていた。そこに爆発エネルギーが作用し、トンネルの径が急速に広がった。そこにちょうど、コアユニットがぴったりはまった。

ま、すべて想像なんだけど。

でも、たぶんそんなに違っていないと思う。

コアユニットはダバラットの上空二千メートルくらいのところに飛びだした。

飛行能力なんてないから、そこにとどまってなどいられない。当然、墜落する。

落下地点は海ではなかった。

まずいことに、そこは地上だった。大陸があった。その大陸のど真ん中に、コアユニットはどおんと落ちた。

落ちたら爆発する。爆発っていっても、いろいろね。コアユニット付属の動力機関が吹き飛ぶとか、衝撃波による地表の爆発的剝離が起きるとか。

あそこに街とか都市とかがあったりしたら、壊滅しちゃうのは間違いない。

爆発した。

大地がこなごなに砕け、オレンジ色の火球が地表を灼き尽くす。

すさまじい爆発の光景をスクリーン越しに見ながら、あたしは思った。

仮にそこに都市があって全滅したとしても、これは、あたしたちのせいじゃない。単なる偶然の産物だ。あたしたちがドジ踏んだから、こうなったというのは明らかな誤解。

絶対に違う。

あとでわかった。

落下地点に大きな居住地はなかった。不幸中の超幸い。だけど、べつの災厄がダバラットの街と都市をつぎつぎと襲うことになった。

災厄のキーワードは。

ボボアダクだ。

研究区画は頑丈につくられていた。そりゃそうだ。巨大軌道ステーションのコアユニットだもんね。

その一部は爆発で吹き飛んだけど、大部分は無傷で地面にめりこんだ。その中に、ボボアダクの貯蔵庫があった。

貯蔵庫は、衝撃でちょっとだけ裂けた。完全に砕けて燃えてしまえばよかったのだが、少し口がひらいた程度の損傷で、あとはおおむね無事だった。

貯蔵庫とは、つまり冷凍保存室である。保存室内の繭と呼ばれるカプセルで眠っていたボボアダクの個体数は数千というオーダーだった。ザザンガのような小型獣から、ゴッタンクラスの巨大獣まで、うんざりするほどの数のボボアダクが冷凍保存され、ぐっすりと眠っていた。

保存室が壊れ、熟睡していたボボアダクたちは、瞬時に目が醒めた。しっかりと起きちゃった。

起きたら、動く。動いたら、外にでてくる。でてきたら、餌をほしがる。

これ、万物のことわりね。

凶暴かつ肉食のボボアダクだよ。それが数千頭。しかも飢えきっている。そいつらが、いっせいにダバラットの大陸に解き放たれた。考えただけでも、気分が悪くなる。

でも、あらためて声を大にし、言っておこう。

これは、うちらのせいじゃない。

予期せぬ事故だ。偶然、起きてしまったこと。たまたま時空間トンネルに〈ドビータル〉のコアユニットがぽろりと入った。たまたま、その中にボボアダクの貯蔵庫があった。たまたまそれがぱかっと割れて、ボボアダクが覚醒した。

ぜーんぶたまたま。誰にも悪気なんてなかった。めぐりあわせがたまたま悪かった。それだけのことでございます。ぜんぜん、あたしたちのせいじゃない。

〈ラブリーエンゼル〉のメインエンジンを全開にした。

一気に高度をあげ、衛星軌道を目指した。

ボボアダクがダバラットの複数の街でそこの住人たちを襲撃しはじめたとき、あたしたちはキャピタルに到着していた。ダバラットの巨大軌道ステーションである。〈ラブリーエンゼル〉でそこまで行き、正式手続きを経てポートにドッキングした。そして通信回線をひらき、なぜ許可なくダバラットの大気圏内に進入したのかの弁明をおこなおうとしていた。

そこに急報が飛びこんできた。

正体不明の巨大怪獣が多数どこかから来襲し、集落に侵入して住人たちを食い殺している。総督府のあるジャダムも蹂躙され、すでに数千人の死者、行方不明者がでた。軍が出動して掃討を開始しているが、怪獣はとんでもなく強い。おまけにめちゃくちゃたくさんいて、手に負えない。すさまじい勢いで被害は増大中。

〈ラブリーエンゼル〉の通信スクリーンにゴゴッタンやノルドドが大写しになったときは、冷や汗が噴きだした。

何が起きたのか、一瞬ですべてわかってしまったから。

となれば、やることはひとつしかない。

撤退である。ダバラットから引き揚げる。

大混乱の中、あたしたちがダバラットの大気圏内にリープアウトしてきた事情の説明はどうでもよくなった。とりあえず、ここに巣食っていたルーシファの違法実験が原因だと、責任をまるごと悪の組織に押しつけた。これ、まったくの嘘じゃないしね。

そうそう。

言い忘れていたけど、あたしたちが戻ってきたのは、キャピタルの秘密ラボの中でラーヤナのコントローラーが作動してから九日目だった。あっちの世界にいるうちに九日が過ぎていたのだ。もしくは九日目の時点に戻ってきた。それはどっちでもいい。重要なのは、コントローラーが作動するきっかけになった爆発。あれだ。あせっていたので生死をちゃんと確認していなかったが、あれに巻きこまれた総督は絶命していた。ルーシファとつるんでいた、あの性悪総督である。そいつが謎の急死ということで、ダバラットはドタバタ状態に陥った。総督は機密事項なんかをぜーんぶひとりでかかえこみ、その詳細を誰にも教えてなかった。悪事の証拠になるからと、記録も残していなかった。

惑星管理事務の引き継ぎをどうするかでダバラットは大騒ぎになった。それがなんとか片づき、ようやく作業が正常に動きだしたのがいま、要するに九日目あたりだった。

そこに、この大惨事が発生した。

あたしたちのことなんか、もうどうでもよくなった。WWAのトラコンだってことはわかっている。身許はたしかだ。多少不可解なことがあっても、いちいち追及することではない。それよりもこの非常事態への対処だ。それが優先されなくてはいけない。

「じゃ、あたしたち帰るわね」

「どうぞ」

首席管制官のトビノフくんも、あっさりと了承してくれた。

となれば、さっさと消え去るのがいちばん。これ以上、この星に迷惑をかけちゃだめだよね。

あたしたちはラーヤナをキャピタルに放りだし、そそくさとダバラットから離れた。

ナナーヤがつくった不細工なコントローラーは完璧に破壊した。ラーヤナが作成した研究データと、重要機材保管ルームに入れてあった元祖コントローラーも徹底的に処分した。

ラーヤナには、

「今度、この研究に手をだしたら、地の果てまでも追いかけて当局に引き渡す。そうなれば終身刑よ、絶対に。一生を流刑星ですごしたくなかったら、ハイパーリープには二度と手をだすな」

と、こめかみにレイガンの銃口を突きつけて申し渡した。ラーヤナは顔を引きつらせ、あたしたちのやさしい言葉を喜んで受け入れた。

オッケイ。ハイパーリープの研究は、百パーセント阻止された。

これはつまり。

あたしたちに課せられた任務が、連合宇宙軍の介入抜きで完遂されたということだ。

ついでに言っておく。

ボボアダクの駆逐には、数か月を要した。食い殺された住民は三万人に及んだとか及ばなかったとか聞く。たぶん、はっきり数値化できないくらい多かったのだろう。

でも、おかげでルーシファはダバラットから手を引いた。そりゃそうだね。こんな状況の惑星など、支配下に置いといてもうまみはかけらもない。

邪悪なハイパーリープの研究が叩きつぶされ、ルーシファもいなくなった。

快挙だ。あたしたちが必死にがんばったことで、この結果へとつながった。

すべては、あたしたちの手柄である。

絶対に間違いない。

断言する。

あたしたちのおかげで、今回も銀河系は救われた。

これは事実だ。

控えめな性格ということもあってＷＷＷＡには報告できなかったが、これは世に隠れたすばらしい成果である。

だから、もう二度と呼ばないでね。

あたしたちをダーティペアとは！

著者略歴　1951年生，法政大学社会学部卒，作家　著書『連帯惑星ピザンの危機』『ダーティペアの大冒険』『ダーティペアの大征服』『ダーティペアの大帝国』（以上早川書房刊）他多数

HM=Hayakawa Mystery
SF=Science Fiction
JA=Japanese Author
NV=Novel
NF=Nonfiction
FT=Fantasy

ダーティペア・シリーズ〈8〉

ダーティペアの大跳躍（だいちょうやく）

〈JA1450〉

二〇二〇年十月　十　日　印刷
二〇二〇年十月十五日　発行

（定価はカバーに表示してあります）

著　者　高千穂（たかちほ）　遙（はるか）
発行者　早　川　　浩
印刷者　矢部真太郎
発行所　株式会社　早川書房
郵便番号　一〇一 - 〇〇四六
東京都千代田区神田多町二ノ二
電話　〇三 - 三二五二 - 三一一一
振替　〇〇一六〇 - 三 - 四七七九九
https://www.hayakawa-online.co.jp

乱丁・落丁本は小社制作部宛お送り下さい。
送料小社負担にてお取りかえいたします。

印刷・三松堂株式会社　製本・株式会社川島製本所

ISBN978-4-15-031450-7 C0193